Nancy Holder

Buffy

Im Bann der Dämonen

DIE ANGEL CHRONIKEN

I

Deutsch von
Antje Görnig

Wunderlich Taschenbuch

Das Buch «Buffy – Im Bann der Dämonen. Die Angel Chroniken I»
entstand nach der gleichnamigen Fernsehserie
(Orig.: *Buffy, The Vampire Slayer*) von Joss Whedon,
ausgestrahlt bei ProSieben.

Erstveröffentlichung bei Pocket Books, New York 1998.
Titel der amerikanischen Originalausgabe: *Buffy, The Vampire Slayer.*
The Angel Chronicles Vol. 1.

Veröffentlicht im Rowohlt Taschenbuch Verlag GmbH,
Reinbek bei Hamburg, März 2003
Lizenzausgabe mit freundlicher Genehmigung
der Egmont vgs verlagsgesellschaft, Köln

Umschlaggestaltung any.way, Barbara Hanke, Wiebke Buckow
Satz Aldus PostScript, PageMaker,
bei Pinkuin Satz und Datentechnik, Berlin
Druck und Bindung Clausen & Bosse, Leck
Printed in Germany
ISBN 3 499 26433 1

Die Schreibweise entspricht den Regeln
der neuen Rechtschreibung.

Für die Jägerin und ihren Vampir:
Ms. Sarah Michelle Gellar und Mr. David Boreanaz

Und für meinen lieben Freund Christopher Golden,
ohne den dieses Buch nicht hätte geschrieben
werden können, obwohl es so geschehen ist.

Die Chroniken

Es war vorbei.

Die beiden letzten noch übrig gebliebenen Vampire schossen aus dem Club von Sunnydale, dem *Bronze*, und flohen mit panischer Angst im Nacken die Straße hinunter.

Angel trat verblüfft aus dem Dunkel der Nacht ins helle Mondlicht und sah ihnen nach. «Sie hat es tatsächlich geschafft. Donnerwetter!»

Diese gut aussehende junge Jägerin hatte den Beutezug verhindert. Die Gefahr war gebannt – zumindest vorläufig.

Aber die Vampire würden mit Sicherheit zu einem erneuten Angriff zurückkehren. Ihr Anführer, der Meister, der unter der Erde in einer Kirchenruine gefangen war, würde dem Mädchen weiterhin so lange zusetzen, bis er es besiegt hatte ... und es starb. In jener Nacht würden wohl sämtliche Dämonen, Vampire und andere dunkle Mächte der Finsternis vor Freude auf ihrem Grab tanzen.

Aber wenn er, Angel, die Jägerin für verloren hielt, warum war er ihr dann in dieser ersten Nacht auf ihrem Weg ins *Bronze* gefolgt? Um sie vor dem zu warnen, was vor ihr lag? Warum hatte er sie ausfindig gemacht? Um sie ein zweites Mal zu warnen?

Warum dachte er jetzt an sie, jetzt und in jedem anderen Moment von früh bis spät?

Er lächelte. Es war ein dünnes, fast kaltes Lächeln, denn Angelus, einst die Geißel Europas, konnte die schrecklichen Untaten, die er begangen hatte, niemals ganz vergessen. Und die Abscheu vor dem, was er einst gewesen war: der unbarmherzigste Vampir, der je Jagd auf Menschen gemacht und in ihrer Vernichtung geschwelgt hatte.

Aber als er sich an seine erste Begegnung mit Buffy Summers, der Vampirjägerin, erinnerte, glitt doch ein kleines Lächeln über seine Gesichtszüge.

In jener Nacht hatte er ihr das Kreuz gegeben.

Schon auf dem Weg zu ihrem Stammlokal, dem *Bronze*, hatte sie bemerkt, dass er ihr folgte. Jeder Jäger hätte es bemerkt. Sie hatte ihn tatsächlich überrascht, als sie sich von einem überhängenden Wasserrohr auf ihn herunterstürzte, gerade als er ihr in die Gasse gefolgt war, obwohl er eigentlich auf eine solche Aktion der Auserwählten hätte gefasst sein müssen.

Aber er hatte nicht mit ihrer Cleverness und ihrer Schönheit gerechnet. Sie spielte mit den Worten, sie war sarkastisch. Und sie lebte sowohl die Wunder als auch die Schattenseiten ihres Lebens als Jägerin voll aus.

Und, um ehrlich zu sein, es hatte ihm gefallen, ihrem Gesicht anzusehen, wie sehr sie von ihm fasziniert war. Er war es gewöhnt, von Frauen angehimmelt zu werden – immerhin lautete sein vollständiger Name in den Aufzeichnungen der Wächter «Angelus, der mit dem Engelsgesicht». Aber er war es nicht gewohnt, dass jemand durch ebendieses Gesicht bis in seine Seele blicken konnte.

Seine arme Seele.

Er war noch nicht bereit gewesen, ihr alles zu offenbaren, sondern er hatte ihr nur zur Seite stehen wollen. «Ich will dasselbe wie du», hatte er ihr gesagt. «Ich will sie töten. Alle.»

Dann hatte er ihr die Schmuckdose mit dem Kreuz zugeworfen – es selbst zu berühren, wagte er nicht – und sie gewarnt: «Denk nicht, dass es schon vorbei ist. Du musst dich bereithalten.»

Aber war er selbst bereit, fragte sich Angel und erinnerte sich an ihre zweite Begegnung später am Tag. Sie war in die Höhle der Vampire hinabgestiegen, um einen Freund zu retten. Er hatte sie beschattet, weil er ihr helfen wollte, aber er hatte noch nicht gewagt, seine wahre Identität preiszugeben. Es war noch nicht der richtige Zeitpunkt.

Er hatte viel riskiert, als er ihr seinen Namen genannt hatte. Ihr Lehrer und Wächter Rupert Giles genoss ein hohes Ansehen als gründlicher Forscher. *Wenn Giles alle Wächter-Chroniken kannte …*

Angel war sich nicht sicher, ob er ihr je verraten würde, wer er wirklich war. Er fing an, sie zu mögen.

Sehr sogar.

Sie würde schreiend vor ihm weglaufen, wenn sie je sein Geheimnis erfahren würde.

Oder sie würde ihn töten.

Aber weil heute die Nacht des Beutezugs war, hatte er versucht, ihr auszureden, unter die Erdoberfläche zu gehen und einen sterblichen Jungen zu retten.

Ihr Gesichtsausdruck war sehr entschlossen gewesen, als sie gesagt hatte: «Ich habe einen Freund da unten – na ja, einen potenziellen Freund.» Sie hatte ihn flüchtig angelächelt. «Weißt du, wie es ist, einen Freund zu haben?»

Er hatte ihr Lächeln nach dieser Frage nicht erwidert. Sonst hätte sie vielleicht bemerkt, dass er keine Freunde hatte und allein war. Sie hätte vielleicht den Hunger in seinem Gesicht wahrgenommen nach all dem, was er hinter sich gelassen hatte, und nach den Dingen, die ihm genommen worden waren.

Aber vielleicht spürte auch sie die ersten Anzeichen eines Verlangens, das nicht sein durfte.

Als jedoch die Vampire mit ihren monströsen, angstverzerrten Gesichtern aus dem *Bronze* flohen, da hatte Angel gelächelt.

Dann schritt er leise durch die Nacht davon.

Allein.

Im *Bronze* stand Buffy mit ihrem neuen Wächter Rupert Giles und ihren neuen besten Freunden Willow Rosenberg und Xander Harris zusammen. Sie sahen zu, wie sich die Asche der toten Vampire, darunter auch die des Meisters, bereits in der Luft zerstreute. Lediglich das verwüstete Mobiliar erinnerte noch an den Angriff der Vampire.

Das – und die Leichen derjenigen, die den Vampiren zum Opfer gefallen waren. Die meisten Gäste waren bereits schreckerfüllt geflohen, aber einige Mutige waren geblieben. Fassungslos und schweigend standen sie da.

Buffy nahm das ganze Ausmaß des Blutbads erst jetzt richtig wahr. Sie beobachtete die erschrockenen Gesichter der Menschen, zu deren Schutz sie im Notfall auch bereit sein musste, ihr Leben aufs Spiel zu setzen. Wieder einmal wurde ihr auf grausame Weise bewusst, dass sie ihrem Schicksal nicht entrinnen konnte. Auch nachdem sie mit ihrer Mutter nach Sunnydale umgezogen war, blieb sie, was sie immer war: die Jägerin.

Das weckte ein Gefühl der Einsamkeit in ihr. Sie war anders als die anderen.

Und sie sehnte sich verzweifelt nach jemandem, der die dunkle Welt kannte, in der sie sich bewegen musste.

Sie dachte an den faszinierenden, verdammt gut aussehenden jungen Mann, der ihr offenbar helfen wollte. Dieser mysteriöse Angel.

Sie fragte sich, ob sie ihn wohl jemals wiedersehen würde.

Und wenn ja, was er ihr bedeuten würde und sie ihm.

ERSTE CHRONIK:
Angel

Prolog

Das Lager der Untoten: eine Kirchenruine tief unter der Erde, stinkend nach Verfall, Verwesung und Tod. Trügerisch warm der Schein Hunderter Kerzen. Eine Blutlache.

Ein kleiner Junge warf Kieselsteine in die dicke, dunkelrote Flüssigkeit.

Neben ihm saß ein ganz in Leder gekleideter Vampir und lächelte nachsichtig. In seiner ausgestreckten Hand lagen noch mehr Kiesel für das scheinbar unschuldige Spiel des Jungen.

Aber er war kein gewöhnlicher Junge. In seinem sterblichen Leben hatte man ihn Collin genannt. Dann war er gestorben. Jetzt war er der Gesalbte, und er diente dem Vampir, der königgleich auf einem mit Ornamenten reich verzierten Thron saß: der Meister, der König aller Vampire im *Höllenschlund*. Im sterblichen Leben war der Meister genau das gewesen, was er auch heute war: ein Monster.

Darla, die von ihrer Jagd zurückkehrt war, näherte sich ihnen von hinten.

Wie Collin verbarg auch sie ihr wahres Wesen unter einem Deckmantel der Unschuld: Ihr hübsches Gesicht wurde umrahmt von blondem Haar, und sie trug die Uniform einer privaten Mädchenschule. Sie hüpfte fast durch den Raum, denn sie wusste, sie war der Liebling des Meisters. Ihr kaltes, herz- und seelenloses Wesen sehnte sich nach der Nacht, in der der Meister sich endlich aus seinem Verlies befreien und eine Welt voller Vampire, Dämonen und Monster regieren würde.

Und hoffentlich wäre dann jemand an ihrer Seite, um diesen glorreichen Moment mit ihr zu genießen. Jemand, mit dem sie zusammen ganz Europa terrorisiert hatte. Jemand, der den Opfern, die sie erjagt hatte, die Hälse aufriss.

Sein Name lag immer auf ihren Lippen.

Der Meister drehte sich nicht zu ihr um, als er fragend bemerkte: «Zackery ist letzte Nacht nicht von der Jagd zurückgekehrt?»

Darla blieb stehen und zischte ihm zu: «Das war die Jägerin.»

Der Meister klang gereizt, blieb aber ruhig. «Zackery war stark, und er war vorsichtig. Und doch hat ihn die Jägerin geholt, wie so viele andere zuvor aus meiner Familie.» Er holte tief Luft und hob sein Kinn leicht an. «Meine Geduld ist erschöpft.» Er wandte sich an den Gesalbten. «Collin, was würdest du unternehmen?»

Der Gesalbte antwortete mit seiner naiven Stimme: «Ich würde sie einfach vernichten.»

Der Meister atmete vor Begeisterung tief durch. «Kindermund tut Wahrheit kund ...»

Darla trat enthusiastisch auf ihn zu. «Lass mich das tun, Meister», flüsterte sie. «Lass mich sie für dich töten.»

Der Meister setzte eine strenge Miene auf. Er sah aus, als wäre ihm das Thema zuwider: «Du hast ein persönliches Interesse daran.»

Sie schmollte. «Ich kriege nie meinen Spaß.»

Der Meister behielt seinen ruhigen Singsang-Tonfall bei. Wenn er so sprach, war er am allergefährlichsten. «Ich werde die Drei schicken.»

Darlas Augen leuchteten begeistert auf. «Die Drei!» Ihre Stimme vibrierte vor gespannter Vorfreude. Und Vergnügen.

Und Triumph.

Eins

Er griff nach seinem Feuerzeug, das mit einen Totenkopf und gekreuzten Knochen verziert war. Die Flamme leuchtete auf, und er zündete die letzten drei Zigaretten an; eine für jeden von ihnen.

Seine Kumpel und er, sie waren durch und durch schlecht, und das wussten sie auch. Richtig gefährliche Gewaltverbrecher. Die drei lungerten an einer verlassenen Straßenecke von Sunnydale herum, bewachten ihr Revier und warteten auf Action.

Drei dunkle Schatten kamen plötzlich um die Ecke auf sie zu. Ihre seltsamen Rüstungen glänzten im trüben Licht. Sie sahen nach Ärger aus.

Seine Freunde und er richteten sich auf und machten sich bereit für den Kampf. Die drei Schatten traten in das Licht der Straßenlampe. Sie bewegten sich schnell und ignorierten die drei Typen, als wären sie gar nicht da.

Ihre Gesichter sahen Grauen erregend aus. Grauen erregend und böse.

Die gefährlichen Jungs hielten noch etwa zwei Sekunden aus, dann verließ sie der Mut, und sie liefen auf und davon.

Die Drei gingen weiter die Straße hinunter.

Ihnen gehörte die Straße.

Eine Kakerlake huschte im *Bronze* über den Boden. «Auf sie!», rief jemand amüsiert. Ein Fuß bewegte sich schnell.

«Hab sie erwischt», verkündete ein Mädchen und hob die tote Kakerlake wie eine Trophäe vom Boden auf. Ein Kellner, der auf seinem Tablett einen schon mit toten Insekten halb vollen Eimer balancierte, nahm das Tier grinsend entgegen. «Einen Drink bitte», sagte sie. Der Kellner im silberglänzenden T-Shirt nickte vergnügt.

Willow Rosenberg saß Buffy gegenüber vor einem großen Plakat, auf dem «AUSRÄUCHERUNGSPARTY – Für jede erledigte Kakerlake einen Drink frei!» stand. Buffy, die den Kopf hängen ließ, trug ein cooles schwarzes Häkeloberteil. Ihr blondes Haar fiel offen über ihre Schultern und war so gut frisiert, wie Willow es nie hinbekam. «Buffy sieht einfach besser aus als ich», dachte Willow. Ihr rötlichbraunes Haar und ihr Rosenberg-brauner Pullover, den nur ihre Mutter unter all den flotteren Klamotten im Laden hatte für sie auswählen können, wirkten totlangweilig.

Willow sagte ironisch: «Ach ja, die Ausräucherungsparty.»

Buffy war in Gedanken vertieft, tauchte aber wenigstens so weit auf, dass es für ein «Hmm?» reichte.

«Es ist eine alljährliche Tradition», fuhr Willow fort. «Das *Bronze* wird für ein paar Tage geschlossen, um alle Kakerlaken zu vernichten.»

«Oh.»

Willow blieb hartnäckig. «Das ist doch wirklich lustig.» Sie lächelte ihre äußerst bedrückt wirkende Freundin an und fragte: «Wie ist es da, wo du gerade bist?»

Buffy sah auf und lachte verlegen. «Es tut mir Leid. Ich habe nur über … *etwas* nachgedacht.»

Willow verstand sofort. «Da kann es sich doch nur um einen Typen handeln.»

Buffy zog eine Grimasse und lachte kurz auf. «Nicht wirklich. Damit wir uns über einen Typen unterhalten können, muss es erst einen Typen geben, über den wir uns unterhalten können.» Sie zog die Nase kraus. «War das ein logischer Satz?»

«Dir fehlt einfach einer», stellte Willow fest.

Buffy seufzte und legte den Kopf schief. «Das stimmt. Meistens geht es mir ja auch gut ohne, aber ...»

«Was ist denn mit Angel?»

Buffy verzog abschätzig ihr Gesicht. «Angel? Ich kann mir keine Beziehung mit ihm vorstellen.» Mit verstellt tiefer Stimme fuhr sie fort: «Hallo, Süße, du bist in großer Gefahr. Wir sehen uns nächsten Monat!»

Willow hatte Mitleid mit Buffy. Sie hatte sich schon gedacht, dass ihre Freundin wegen des merkwürdigen, aber sehr gut aussehenden Fremden, der aufgetaucht war, um sie zu warnen, Trübsal blies. Niemand wusste, wer er war. Von Zeit zu Zeit tauchte er auf, um Buffy vor einer neuen Bedrohung für ihr Leben oder sogar den Fortbestand der ganzen menschlichen Rasse zu warnen, und verschwand dann wieder. Er wusste, dass sie die Jägerin war, aber er verriet nichts über sich selbst. Er sah allerdings unheimlich gut aus. Und ernst.

Sehr ernst.

Mitfühlend kommentierte Willow: «Es stimmt, er ist wirklich nicht oft hier.»

Buffy konnte das Lächeln, das sich auf ihrem Gesicht ausbreitete, nicht zurückhalten. Sie strahlte, als sie sagte: «Wenn er da ist, ist es, als gingen ringsum die Lichter aus. Du weißt, wie das bei manchen Typen ist.»

«O ja», sagte Willow.

Sie sah zur Tanzfläche hinüber, wo Xander Harris sich in seiner unnachahmlichen Art bewegte. Sein dunkles, lockiges Haar hing ihm jungenhaft in die Augen. Er führte aerobicreife Bewegungen vor und gockelte auf eine Art herum, die Willow nur zu gut verstand: *Ich bin so ein Schwachkopf, ich kann gar nichts dafür.* Aber Xander war kein Schwachkopf. Er wurde nur oft unterschätzt und unterbewertet. Das war ihm allerdings nicht klar. Ihr schon.

Es war ihr verdammt klar.

Xander stellte weiter seine Fähigkeiten als Discokönig unter Beweis und wedelte eifrig mit den Armen auf und ab, als Annie Vega seinen Weg kreuzte. «Hey, Annie», grüßte er fröhlich. Zu ihrem Freund, einem der letzten echten Neandertaler, der ihn böse anblitzte, sagte er: «Hallo, Vito! Wollte gerade verschwinden.»

Er schwamm in entgegengesetzter Richtung in der Menschenmenge davon und kollidierte mit der oberscharfen Cordelia Chase.

«Aua!», protestierte sie. Sie trug eine Art tief ausgeschnittenes Eidechsenkleid, und ihr Haar war offen, dunkel und sehr glatt. Die *Cher* an der High School von Sunnydale. «Bitte nimm deine extrem tölpelhaften Latschen von meinen zweihundert Dollar teuren Schuhen!»

«Alle Mann in die Rettungsboote», dachte Xander und sagte: «Sorry, ich wollte nur ...»

«Von der Tanzfläche verschwinden, bevor der Freund von Annie Vega dich wie eine Wanze zerquetscht?»

Xander grinste stolz. «Dann ist es dir also aufgefallen?»

«Hmm.»

«Danke für dein Verständnis.»

Unter einer hochgezogenen Augenbraue warf sie ihm einen arroganten Blick zu. «Jederzeit.»

«Ich weiß gar nicht, wovon die anderen reden», fügte er freundlich hinzu, bevor er die Bombe zündete. «In dem Kleid siehst du doch gar nicht aus wie eine Nutte!»

Wenn du sie nicht kriegen kannst, mach sie fertig – oder versuch es wenigstens.

Er wollte seine möglicherweise hauchdünne Führung nicht verspielen und verließ die Tanzfläche, um sich wieder zu seinen beiden Freundinnen Buffy und Willow zu gesellen. Sie sahen beide so aus, als hätten sie so viel Spaß, wie ein Mensch nur haben kann, wenn er gestorben ist.

«Gott, diese Cordelia ist wirklich eine ätzende Person», sagte er. Als die beiden nicht reagierten, legte er seinen Kopf schief und fragte: «Und wonach steht euch Mädels heute der Sinn?»

Willow antwortete: «Wir wollen nur hier rumsitzen und unser ödes Leben vorbeiziehen sehen. Au, guck mal, eine Kakerlake!»

Wumm! Das Insekt hatte keine Chance. Xander wollte Willow gerade zu ihrer Technik gratulieren, als er bemerkte, dass sich nicht einmal einen Hauch von Jagdbefriedigung in ihrem Gesicht zeigte. Buffy sah noch elender aus.

«Mensch, hört auf, ihr Stimmungskanonen!», sagte er langsam. «Mir ist schon ganz schwindelig.»

Buffy erhob sich. «Also gut, jetzt stecke ich auch schon meine Freunde an. Wir sehen uns morgen!», sagte sie und wollte gehen.

Willow rief: «Ach, bleib doch noch etwas!»

Xander unterstützte sie: «Ja, ist doch noch früh! Wir könnten ... äh ... tanzen!» Sofort fing er wieder an, in der ihm eigenen Discomanier zu tanzen.

«Nächstes Mal wieder», sagte Buffy und verließ den Tisch. Immerhin lächelte sie, wenn auch traurig, und verabschiedete sich von ihren beiden Freunden: «Gute Nacht!»

Sie verließ den Tisch. Willow zeigte Xander die Kakerlake, die dekorativ mit den Eingeweiden an ihrem Schuh klebte, und fragte: «Soll ich dich zu einem Drink einladen?»

Inmitten der Menschen und all dem Lärm stand Angel allein und beobachtete Buffy, die auf den Ausgang zuging. Er stand im Dunkeln, sein Gesicht war verhangen von Sehnsucht und Kummer.

Einen Augenblick lang glaubte Buffy, sie hätte seine Anwesenheit gespürt, und sah sich nach ihm um.

Aber da war er schon verschwunden.

Sie verließ das *Bronze.*

Die Straßen waren menschenleer, als Buffy sich auf den Heimweg machte. Irgendwo in der Ferne heulte die Sirene eines Krankenwagens, und Autohupen ertönten. Aber durch den Verkehrslärm konnte sie ein anderes Geräusch hören. Sie blieb stehen und drehte sich um. Da war nichts zu sehen, aber das hatte nichts zu sagen: Es schien oft so, als gäbe es nichts zu sehen, wenn sich irgendein Dämon an sie heranpirschte.

Sie ging weiter.

Wie sie fast erwartet hatte, hörte sie wieder ein Geräusch. Sie ging noch ein paar Schritte weiter, bevor sie erneut stehen blieb. Sie drehte sich nicht um und sagte mit Resignation und Bestimmtheit in der Stimme: «Es ist schon spät. Ich bin müde und habe keine Lust auf irgendwelche Spielchen. Zeige dich!»

Etwas fiel hinter ihr zu Boden und knurrte sie böse an.

Sie zog einen Holzpflock aus ihrer Jacke und wirbelte herum. Als sie ihn erhob, um zuzustechen, wurde sie plötzlich von hinten von einer Hand, die statt Fingernägeln lange Klauen hatte, am Handgelenk gepackt. Eine andere Hand riss an ihrem Arm. Der Erste verdrehte ihr den Arm, bis der Pflock auf die Straße klapperte.

Sie waren zu dritt und steckten in seltsamen Rüstungen. Sogar für Vampire waren sie ungewöhnlich stark.

Buffy sagte: «Also gut, okay. Hey, au, okay. Ich gebe auf. Ich will mich nicht gleichzeitig mit allen dreien von euch anlegen.»

Ohne Vorwarnung trat sie den Vampir vor ihr – er trug einen geflochtenen Pferdeschwanz und hatte grauenhafte, hässliche Vampirzähne –, genau dahin, wo es wehtut. «Wenn ich nicht unbedingt muss», ergänzte sie und war für einen Augenblick frei. Als der Vampir mit dem Pferdeschwanz zusammenklappte, versetzte ihr der Zweite, dem eine große Narbe ein Auge verschloss, einen Schlag ins Kreuz.

Sie wurde gegen einen Maschendrahtzaun geschleudert. Zwei von ihnen hielten sie fest, während der Einäugige sich für den Todesstoß bereitmachte. Er bleckte seine Zähne und beugte sich über ihren Hals. Buffy konnte den Tod an ihm riechen.

Ihren eigenen Tod.

Plötzlich erklang eine ihr wohl bekannte Stimme, und der Kopf des Einäugigen wurde zurückgerissen.

Angel!

Er sagte: «Brave Hunde beißen nicht!»

Buffy ließ sich auf den Rücken fallen, trat mit den Füßen nach oben und traf zwei ihrer Gegner am Kopf. Der eine ging zu Boden. Der mit dem Pferdeschwanz bekam sie zu fassen und warf sie erneut gegen den Zaun, während Angel vor dem Einäugigen in Deckung ging.

Angel bewegte sich wie ein Panther: schnell, wild und tödlich. Er wollte sich gerade mit dem zu Boden Gegangenen beschäftigen, als der Einäugige eine zugespitzte Stange aus dem schmiedeeisernen Zaun herausriss und sich auf ihn stürzte.

«Pass auf!», rief Buffy noch, bevor er Angel am Rippenbogen erwischte. Sie kämpfte gegen den Pferdeschwanztypen, stieß mit der flachen Hand seinen Kopf zurück und rammte dann ihre beiden zusammengeballten Fäuste wie eine Abrissbirne in sein Gesicht.

Angel lag am Boden. Sie verpasste dem Einäugigen noch einen Tritt ins Gesicht, half Angel wieder auf die Beine und schrie: «Lauf!»

Sie flohen. Dabei liefen sie über einen leeren Parkplatz und an mehreren Häuserblöcken vorbei, bis sie in ein belebteres Wohnviertel gelangten. Angel blieb an ihrer Seite. Es schien, als wüsste er, wo sie ihn hinführte. Sie bogen gleichzeitig in den Revello Drive ab. Buffy warf Angel einen Blick zu, als er sich an die Seite fasste. Besorgt runzelte sie die Stirn, lief aber noch schneller, als die knurrenden Vampire aufholten. Sie flitzte voran und öffnete die Haustür.

«Los, rein!», schrie sie und zog ihn hinter sich hinein.

In dem Augenblick, als sie die Tür schloss, sprang der Einäugige auf die Veranda und griff nach ihr. Sie schlug die Tür gegen seine Hand. Als er seine Hand zurückzog, knallte Buffy die Tür fest ins Schloss. Sie schob den Riegel vor, während sie durch das Guckloch spähte und nach Atem rang.

Hinter ihr sagte Angel: «Wir sind in Sicherheit. Ein Vampir kann nur hereinkommen, wenn er eingeladen wird.»

Buffy sagte zweifelnd: «Das habe ich zwar auch schon gehört, aber noch nie ausprobiert.»

Sie konnte hören, wie die drei Vampire knurrend auf der Veranda auf und ab schlichen und immer wütender wurden. Buffy wusste nicht, wie lange sie sich da noch herumtreiben würden, aber Angel schien Recht zu haben. Sie konnten ohne Einladung nicht ins Haus kommen. Das immerhin war ein Trost.

Ein ebensolcher Trost war auch die Anwesenheit von Angel. Er war zwar verletzt, aber wenigstens noch lebendig. Er sah sie mit seinen dunklen durchdringenden Augen an.

«Ich werde einen Verband holen. Zieh deine Jacke und dein T-Shirt aus», sagte Buffy.

Er folgte ihr in die Küche, wo er seine schwarze Jacke ablegte und sein weißes T-Shirt über den Kopf zog. Buffy holte den Verbandskasten aus dem Schrank.

Als sie sich umdrehte, stand er ihr abgewandt mit nacktem Oberkörper da. Sie spürte, wie ihr Herz begann, heftiger zu schlagen. Hypnotisiert von den geschmeidigen Muskeln an seinen Armen und seinem Rücken und von seiner zarten Haut, blieb sie stehen.

Eine große Tätowierung, die sie an irgendeine fliegende Kreatur erinnerte, kräuselte sich auf seiner rechten Schulter, als er sich umdrehte. Sie schreckte aus ihrer Erstarrung auf und sagte: «Schönes Tattoo.»

Sie fing an, seine Wunde zu verbinden. Seine Hand war kalt. Das war nicht weiter ungewöhnlich: Er hatte kein Hemd an, und es war kühl. Er hatte eine tiefe Wunde, und Buffy war überrascht, dass er keine großen Schmerzen zu haben schien.

Sie standen sehr dicht beieinander. Buffy wurde bewusst, dass sein Gesicht nur Zentimeter von ihrem entfernt war, dass sie seine Lippen beinahe mit ihren spüren konnte. Um sich abzulenken, sagte sie: «Ich war sehr froh, als du aufgetaucht bist.» Dann, als sie sich bis zu einem gewissen Grad wieder gesammelt hatte, sah sie auf und fragte ihn mit gespielt verwunderter Stimme: «Aber wie kommt es, dass du da warst?»

Er antwortete mit seiner sanften, tiefen Stimme: «Ich bin nur spazieren gegangen, ich wohne hier in der Nähe.»

«Also bist du mir gar nicht gefolgt? Ich hatte so ein Gefühl.»

Er zeigte ein schwaches, aber unverkennbares Lächeln. «Warum hätte ich das tun sollen?»

Sie sprach schnell, und ihre Finger fuhren über die sterilen Päckchen im Verbandskasten. «Das musst *du* mir sagen! Du bist doch der geheimnisvolle Typ, der plötzlich aus dem Nichts auftaucht.» Sie lachte. «Ich sage ja nicht, dass ich heute nicht damit zufrieden war, aber wenn du mir hinterherspionierst, wüsste ich gern, warum.»

Sie war mit dem Verband fertig und richtete sich auf. Sie kam ihm noch näher.

Er sagte: «Vielleicht mag ich dich ja.»

Sie sah zu ihm auf und nahm den Geruch seines Körpers war. Er roch leicht nach Schweiß und Seife oder vielleicht Parfüm. «Vielleicht?», fragte sie, in einem Ton zwischen hoffnungsvoll und verspielt.

Er gab keine Antwort und starrte sie nur an. Buffy hielt die Luft an. Sie wusste, dass etwas passieren würde.

Und es passierte auch etwas.

Die Haustür ging langsam auf.

O mein Gott!

Buffy rannte zur Tür. Ihre Mutter stand auf der Veranda, steckte den Schlüssel zurück in ihre Tasche und wollte gerade den Briefkasten aufmachen. Buffy zog ihre Mutter schnell ins Hausinnere und hielt nach den Vampiren Ausschau.

«Liebling, was ist denn los?», fragte Joyce Summers.

Nachdem sie noch einmal einen Blick nach draußen geworfen hatte, schloss Buffy eilig die Tür und drehte den Schlüssel um. «Abends laufen da draußen 'ne Menge seltsamer Leute rum, und mir geht es einfach besser, wenn du hier drin in Sicherheit bist.»

Ihr nächster Gedanke galt dem gut aussehenden, halb nackten Typen in der Küche. Sie sagte schnell: «Du musst dich völlig erschlagen fühlen!»

Ihre Mutter sah müde aus. Sie nickte. «Das bin ich auch. So eine kleine Galerie, du hast ja keine Ahnung, wie viel …»

Buffy fiel ihr ins Wort, um die Dinge zu beschleunigen. «Warum gehst du nicht nach oben und legst dich hin? Ich mache dir einen schönen, heißen Tee.»

Joyce sah angenehm überrascht auf. «Das ist süß von dir. Hast du vielleicht etwas ausgefressen?»

Buffy brauchte einen Moment, um die Frage zu verstehen. Immer noch die Unschuldige spielend, machte sie große Augen.

«Kann eine Tochter sich nicht einfach nur um ihre Mutter kümmern?»

Joyces Blick wanderte an ihr vorbei. «Hallo», sagte sie.

Angel antwortete hinter Buffy: «Hallo.»

Äh, öh. Der Tanz war eröffnet. Glücklicherweise hatte Angel sich mittlerweile angezogen. Buffy plapperte drauflos: «Äh, okay, äh, Angel, das ist meine Mutter. Mom, das ist Angel. Wir sind uns zufällig auf dem Heimweg begegnet.» *Und wenn sie das glaubt, dann habe ich noch ein paar gefälschte Zeugnisse, die sie unterschreiben könnte …*

Angel grüßte: «Hallo! Freut mich, Sie kennen zu lernen.»

«Was machen Sie, Angel?», fragte Buffys Mutter und ging in Kampfstellung, als Angel zögerte. Mutter von gut aussehender Tochter gegen unbekannten Typ: erste Runde.

Buffy schaltete sich ein und sagte schnell: «Er ist Student.» Erst dann fiel ihr ein, dass er für die High School schon zu alt aussah. «Angel ist im ersten Jahr im Community-College. Er hat mir bei Geschichte geholfen.» Sie lachte. «Du weißt doch, dass ich da ziemliche Schwierigkeiten habe.»

Es war unklar, wie viel – wenn überhaupt – ihre Mutter davon glaubte. Sie sagte: «Schon ein bisschen spät für Nachhilfestunden! Ich gehe ins Bett und ... Buffy?»

Das war ein Wink mit dem Zaunpfahl.

«Ich sage nur gute Nacht und komme dann auch nach oben», versprach Buffy.

Ihre Mutter taxierte Angel noch einmal mit einem prüfenden Blick. «Es war nett, Sie kennen zu lernen.»

Dann ging sie die Treppe hinauf.

Buffy hielt die Haustür auf und rief laut: «Gute Nacht! Wir schließen uns bald kurz und machen noch das eine Thema, okay?»

Sie schloss die Tür und signalisierte dem wartenden Angel, mit ihr die Treppe hochzugehen. Er folgte ihr. Er fühlte ihre Nähe, und ihm war klar, dass sie auf dem Weg in ihr Zimmer waren.

Angel schlüpfte hinein, nachdem Buffy noch einmal prüfend den Flur hinuntergesehen hatte. Dann schloss sie die Tür. Ruhig sagte er: «Sieh mal, ich will dich wirklich nicht in Schwierigkeiten bringen.»

«Und ich will nicht, dass du stirbst», entgegnete sie entschlossen. «Die können immer noch da draußen lauern. Also, äh …» Sie sah sich um, fast, als wäre sie nie zuvor in ihrem Zimmer gewesen. «Wir sind zwei», sagte sie verlegen. «Und es gibt nur ein Bett. Das geht nicht. Äh, du nimmst das Bett. Weißt du, weil du verletzt bist.»

Angel war gerührt über ihre Besorgnis. Er musste daran denken, wie sanft und vorsichtig ihre Hände auf seinem Körper waren, als sie seine Wunde verband. Er sagte entschieden: «Ich nehme den Boden.» Um ihrem Protest den Wind aus den Segeln zu nehmen, fügte er gleich hinzu: «Glaube mir, da habe ich schon Schlimmeres erlebt.»

«Okay.» Sie zeigte in Richtung Fenster. «Dann, also … guck doch mal, ob die drei noch da draußen herumlungern, und dreh dich nicht um, solange ich mich umziehe.»

Angel ging lächelnd zum Fenster hinüber und sah pflichtbewusst hinaus. Er konnte das Rascheln ihrer Kleider hören, während er in die schwarze Nacht hinaussah. Nichts bewegte sich draußen. Alles schien ruhig.

«Ich kann sie nirgends sehen», berichtete er.

In Buffys Zimmer schien dagegen überhaupt nichts ruhig. Die Atmosphäre war geladen vor Spannung und nervöser Erwartung. Sie ging von ihm aus, aber nicht nur. Da war er sich ganz sicher.

«Weißt du, ich bin die Auserwählte», sagte sie. Er drehte sich nicht um, weil er nicht wusste, ob sie mit dem Umziehen fertig war. «Es ist mein Job, solche Typen zu bekämpfen. Und was ist deine Entschuldigung?»

«Jemand muss es ja tun», murmelte er.

«Was hält deine Familie von dieser Berufswahl?»

Wie weit kann ich gehen? Wie viel kann ich ihr sagen? «Sie sind tot», entgegnete er.

Buffy hielt inne und wandte sich ihm zu. Die Strahlen des Mondlichts, die durch die Fensterläden drangen, warfen Schatten auf sein Gesicht, die fast wie Gitterstäbe aussahen. Sein Profil war scharf geschnitten, und Buffy zog mit ihrem Blick die Silhouette nach. Sie fragte ruhig: «Haben Vampire das getan?»

Er drehte sich zu ihr um, das Gesicht von unaussprechlichem Schmerz gezeichnet.

«Ja.»

«Tut mir Leid.»

«Es war vor langer Zeit.» Seine Stimme verriet tiefen Kummer und versteckten Ärger.

«Also ist das ein Rachefeldzug für dich?», bohrte sie.

Einen Moment lang herrschte Schweigen. Dann sah er sie an, sah sie wirklich an, und sagte: «Du siehst sogar hübsch aus, wenn du ins Bett gehst.»

Plötzlich wünschte sich Buffy, sie hätte etwas anderes angezogen. In ihrem T-Shirt und ihren Schlafanzughosen fühlte sie sich überhaupt nicht hübsch. Sie lächelte flüchtig und entgegnete: «Wenn ich morgens aufwache, ist das allerdings eine ganz andere Geschichte. Hier!» Sie reichte ihm eine Decke und ein Kissen. «Schlaf gut.»

Sie lagen wach in der vom Mond erleuchteten Stille, er auf dem Boden, sie in ihrem Bett. Beide starrten an die Decke, und beide versuchten, nicht an die Gegenwart des anderen zu denken. Gemeinsam hatten sie schon gegen den Tod gekämpft, aber nun hatten sie mit dem Problem der Nähe zu kämpfen.

«Angel?», flüsterte Buffy.

«Hmmm?»

«Schnarchst du?»

Er lächelte zaghaft. «Ich weiß es nicht. Es ist schon lange her, dass jemand in der Lage gewesen wäre, mir das sagen zu können.»

Buffy grinste noch breiter als er. *Schon lange her.* Das war gut so. Es war ein Gedanke, mit dem sie wegdriften, einschlafen und träumen konnte.

Aber Angel blieb die ganze Nacht lang wach und lauschte ihrem Atem.

Zwei

Am nächsten Tag erzählte Buffy in der Bibliothek der High School von Sunnydale – die ihnen als Jäger-Schaltzentrale diente – Xander, Willow und Giles, was in der Nacht passiert war.

«Die *ganze* Nacht? In deinem Zimmer? In deinem Bett?» Xander brüllte fast.

Buffy wurde angesichts der Entrüstung ihres Freundes rot. «Nicht *in* meinem Bett. Neben meinem Bett.»

«Das ist so romantisch», sagte Willow verträumt und ganz ohne Entrüstung. Beinahe schwang etwas Neid in ihrer Stimme mit. «Wow. Habt ihr, äh, ich meine, hat er, äh …»

«Er ist ein perfekter Gentleman», entgegnete Buffy stolz.

«Ach, Buffy, los, werde wach! Das riecht doch nach Verführung.» Xander runzelte die Stirn. «Das ist der älteste Trick der Welt!»

«Was? Mein Leben retten? Einen in die Rippen zu kriegen?», entgegnete Buffy spitz.

«Ha ha, Jungs würden doch alles tun, um ein Mädchen zu beeindrucken.» Xander warf sich in die Brust. «Ich habe einmal eine ganze Dreiliterflasche *Gatorade* ausgetrunken, ohne Luft zu holen.»

Willow nickte und stärkte ihm den Rücken: «Das war ziemlich beeindruckend.» Dann zog sie eine Grimasse. «Was dann passierte, war allerdings eher eklig ...»

Giles kam an den Tisch und brachte ein großes, in schwarzes Leder gebundenes Buch mit. «Können wir diese fesselnde Konversation zurück auf die Ereignisse lenken, die früher am Abend passiert sind? Du hast das *Bronze* verlassen und wurdest von drei ungewöhnlich kräftigen Vampiren überfallen ...»

Giles legte das Buch auf den Tisch und zeigte ihr ein Bild. «Sahen sie vielleicht so aus?»

Es waren exakt die drei Vampire, die Buffy angegriffen hatten.

Sie nickte. «Ja. Was sind das für Uniformen?»

Giles machte ein grimmiges, aber zufriedenes Gesicht. Das tat er immer, wenn er irgendeinem beutegierigen Monster auf der Spur war, das entweder Buffys Leber durch ihre Nase aussaugen wollte oder es auf das Ende der Welt abgesehen hatte. «Es scheint, du bist *den Dreien* begegnet – sie sind Kriegervampire, sehr stolz und stark.»

Willow blinzelte beeindruckt. «Woher wissen Sie immer diese ganzen Sachen? Sie wissen einfach immer, was los ist. Ich weiß nie, was los ist.»

Giles machte eine ausschweifende Handbewegung über die Stapel verstaubter Bücher und nahm einen Schluck von seinem Kaffee. «Du warst ja auch nicht von Mitternacht bis sechs Uhr hier, um zu recherchieren.» Buffy hatte ihn angerufen, als er gerade zu Bett hatte gehen wollen.

Verlegen stimmte Willow zu: «Nein, da habe ich geschlafen.»

Giles wandte sich an Buffy. «Offensichtlich fügst du dem Meister Schaden zu. Er würde die Drei nicht für jeden x-Beliebigen aussenden.» Er dachte einen Moment lang nach und reinigte die Gläser seiner Brille. «Wir müssen unser Waffentraining intensivieren.»

«Buffy, du wohnst besser bei mir, bis diese Samurai-Typen der Vergangenheit angehören», schlug Xander vor.

Buffy war sich nicht sicher, ob sie richtig gehört hatte. «Was?»

«Mach dir um Angel keine Sorgen», fuhr er fort. «Willow kann doch eben zu dir nach Hause laufen und ihm sagen, dass er die Stadt sofort verlassen soll.»

Giles schüttelte den Kopf. «Angel und Buffy sind nicht in unmittelbarer Gefahr.» Er setzte seine Brille wieder auf. «Möglicherweise wird der Meister jemand anderes schicken, aber in der Zwischenzeit werden die Drei, weil sie versagt haben, aus Buße ihr eigenes Leben opfern.»

Buffy nickte. Sie war müde und genervt. *Drei weitere erledigt – wie viele kamen denn noch?*

Tief unter der Erde knieten die Drei vor dem Meister. Sie wirkten immer noch bedrohlich und zerstörerisch, aber sie hatten Angst. Darla beobachtete erregt, wie sie ob ihrer großen Schande die Köpfe hängen ließen. Der Anführer der Drei – der mit der großen Narbe über dem Auge – reichte dem Meister einen langen, scharfen Spieß, das Mittel zur Hinrichtung unter Vampiren. Der Meister tat so, als habe er keine Pläne zu seiner Verwendung, und gab den Spieß an Darla weiter, die begierig nach ihm griff.

Der Anführer sagte: «Wir haben bei der Ausübung unserer Pflicht versagt, und nun gehören unsere Leben dir.»

Der Meister wandte sich an Collin und sprach sanft mit

seiner gefährlich warmen Stimme zu ihm: «Gib gut Acht, mein Kind. Du bist der Gesalbte, und du hast viel zu lernen. Mit der Macht kommt auch die Verantwortung. Wahr ist, sie haben versagt, aber wahr ist auch, dass wir Wesen der Nacht einander verbunden sind. Ein Leben zu nehmen – ich rede hier natürlich nicht von Menschen – ist eine ernste Angelegenheit.»

Der Anführer der Drei erhob leicht seinen Kopf. Darla wusste, dass er hoffte, er und die anderen würden weiterexistieren dürfen.

Collin klang wie der kleine Menschenjunge, der er einmal gewesen war, als er fragte: «Also wirst du sie verschonen?»

Der Meister warf Darla einen Blick zu. Sie waren schon so lange zusammen und hatten schon so viele getötet, dass sie sogleich wusste, was er wollte. Ihre Augen glänzten, als sie den Spieß fest mit den Fingern umklammerte und sich leise hinter den Anführer der Drei stellte.

«Ich bin müde», sagte der Meister, «und ihr Tod würde mir nur wenig Freude bereiten.» Schützend nahm er Collin etwas zur Seite.

Das war das Signal, auf das Darla gewartet hatte. Mit all ihrer Kraft und aufgestauten Wut trieb sie den Spieß befriedigt grinsend in den Leib des starken Vampirs mit der Narbe. Er schrie auf und zerfiel zu Staub.

Die Schreie seiner Brüder folgten.

«Natürlich», fügte der Meister hinzu, «genügt einem manchmal schon *ein wenig*.»

Die Tür zur Bibliothek war zur Hälfte mit einem großen Schild bedeckt, auf dem stand: «Geschlossen wegen Ordnungsarbeiten. Morgen wieder geöffnet.»

Das Schild schien Buffy eine unnötige Vorsichtsmaßnahme zu sein. Genauso überflüssig wie Giles' Blick in den Korridor, ob niemand da war, das Abschließen der Türen und so weiter. Niemand an der High School von Sunnydale interessierte sich für Bücher. Eher für Liebesgeschichten. Und keiner, der auch nur ein bisschen cool sein wollte, ging in der Schulbibliothek auf Jagd nach Flirts. Sie schüttelte den Kopf.

Buffy spähte in einen großen Spind voller Waffen. Manche Mädchen verbrachten Nachmittage damit, Unterwäsche auszusuchen. Andere mussten derweil Macheten ausprobieren.

«Cool, eine Armbrust», sagte sie, als sie die alte Waffe berührte. Dann sah sie die Pfeile – Bolzen, *um korrekt zu sein. Was für ein schlaues Mädchen!* – und fing an, die Waffe zu laden. «Du liebe Zeit, sieh sich einer mal diese Babys an», säuselte sie. «Lebt wohl, ihr Pflöcke, hier ist der fliegende Todbringer.» Eifrig sah sie sich um. «Auf was kann ich schießen?»

Giles nahm ihr rasch die Armbrust weg und legte sie beiseite. Er war beunruhigt – eine gelegentliche Begleiterscheinung seines Jobs als Wächter der Jägerin. Streng sagte er: «Auf nichts! Die Armbrust kommt erst später an die Reihe. Du musst zuerst die grundlegenden Kampfwerkzeuge beherrschen. Lass uns mit dem Schlagstock beginnen.» Er nahm zwei lange Holzstöcke zur Hand und reichte ihr einen. «Was übrigens unzählige Stunden intensiven Trainings erfordert. Ich spreche da aus Erfahrung.»

Sie sah erst den Stock an, dann ihn und brach fast vor Lachen zusammen. «Giles, wir sind im zwanzigsten Jahrhundert!», sagte sie. «Ich werde wohl nicht gegen Bruder Tuck kämpfen.»

Zum Lachen war Giles keineswegs zumute. Er antwortete mit all seiner sehr englischen Ernsthaftigkeit: «Du weißt nie, gegen wen oder was du als Nächstes kämpfen musst.» Er setzte einen Kopfschutz auf. «Und diese Traditionen wurden durch die Jahrhunderte weitergegeben.» Dann nahm er seinen Schlagstock zur Hand. «Wenn du mir jetzt gute, stetige Fortschritte mit dem Schlagstock zeigst, werden wir, wenn die Zeit reif ist, über die Armbrust sprechen.»

Er hielt den Stock mit beiden Händen schräg vor seinen Körper und machte sich nach schönster Giles-Manier für den Kampf bereit. «Setz jetzt deinen Kopfschutz auf!», wies er sie an.

Sie schüttelte den Kopf. «Für Sie werde ich den wohl nicht brauchen.»

Er nahm ihre Herausforderung an und hob stolz sein Kinn.

«Das werden wir ja sehen.» Er eröffnete den Kampf, indem er das rechte Ende seines Stocks zum Gruß hob. «*En garde!*»

Ihr erster Schlag war etwas zögerlich, und er parierte ihn mit Leichtigkeit. Doch als Holz gegen Holz schlug, bekam sie ein Gefühl für den Rhythmus und folgte ihm blind: schlagen, parieren, schlagen, parieren, schlagen, schlagen, schlagen. Sie führte hohe Schläge aus, Tiefschläge, Schläge in die Mitte. Es schien ihr, als hörte sie seine Knochen brechen. Er hatte sie gelehrt, sich nicht zurückzuhalten. Es war Teil seiner Pflicht als Wächter, echte Kampfbedingungen für sie zu schaffen.

Sie traf ihn flach auf den Rücken, und er ging zu Boden. Schwer atmend sah er zu ihr auf und keuchte: «Gut, dann beschäftigen wir uns jetzt mit der Armbrust.»

«Gut, dann beschäftigen wir uns jetzt mit Angel», dachte Buffy, als sie mit den Resten ihres Abendessens in einer Plastiktüte die Treppe hinaufstieg. Ihr Herz schlug laut. Während sie ihrem Alltagsleben nachgegangen war, hatte er den ganzen Tag bei ihr zu Hause gewartet. Wenigstens hoffte sie, dass er gewartet hatte. Sie hatte mit Giles trainiert, war mit ihrer Mutter nach Hause gefahren und von ihr für diverse Küchenarbeiten eingespannt worden. Sie hatte keine Zeit gehabt, nach oben zu schleichen, um nach ihm zu sehen.

Sie holte tief Luft, öffnete die Zimmertür, schlüpfte hinein und schloss die Tür leise hinter sich.

«Angel?»

«Hallo», sagte er. Er trat aus der Dunkelheit, als wäre er in ihr aufgelöst gewesen, als wäre sie seine Tarnkappe.

Sie hielt die Plastiktüte hoch und sagte: «Ich habe dir etwas zu essen mitgebracht.» Er betrachtete die Tüte neugierig und sah ihr dann wieder in die Augen. «Es sind leider nur ein paar Reste, tut mir Leid. Also, was hast du den ganzen Tag gemacht?»

«Ich habe etwas gelesen.» Seine Hand wies auf ihre Kommode. «Und über vieles nachgedacht.» Sein Gesicht war sehr ernst. «Buffy, ich ...»

Sie sah in die Richtung, in die er gezeigt hatte. Die Kommode. Als sie merkte, dass er ihr Tagebuch meinte, klappte ihr Mund vor Schreck auf. «Mein Tagebuch?», kickste sie. «Du hast in meinem Tagebuch gelesen?»

Sie ging zu der Kommode, legte das Tagebuch in die oberste Schublade und knallte sie wieder zu.

«Das ist *nicht* in Ordnung! Das Tagebuch ist das Privateste eines Menschen, und du weißt doch nicht einmal, worüber ich schreibe. ‹Supertyp› kann vieles bedeuten, auch viel Schlechtes, und wo steht, dass du einen durchdringenden Blick hast, habe ich eher ‹stechend› gemeint …»

«Buffy, ich …», fing er wieder an und kam auf sie zu.

«Und ‹A› steht übrigens auch nicht für Angel. Es steht für … für Achmed. Das ist ein netter Austauschstudent aus dem Ausland, also hat die ganze Phantasterei überhaupt nichts mit dir zu tun …»

Angel unterbrach ihren Redeschwall: «Deine Mutter hat das Tagebuch dorthin gelegt, als sie dein Zimmer aufgeräumt hat. Ich habe sie vom Wandschrank aus beobachtet. Ich habe es nicht gelesen, ich schwöre es.»

«Oh.» Sie fing an zu begreifen. Er hatte das Tagebuch nicht berührt.

Dann wurde ihr erschreckend klar, dass sie die brisantesten Stellen einfach herausgeplappert hatte wie das letzte Dummchen. Der Schaden, den sie angerichtet hatte, war größer, als wenn er es wirklich gelesen hätte.

«Ohhhhh.» Wo waren diese versteckten Falltüren, wenn man einmal dringend im Erdboden versinken musste!

Er bemerkte ihre Verlegenheit gar nicht, da er mit etwas für ihn viel Wichtigerem beschäftigt war. «Ich habe heute viel nachgedacht», begann er. «Ich kann einfach nicht mit dir zusammen sein.»

O nein! Sie zuckte mit den Schultern, um nicht zu zeigen, dass sie innerlich starb. «Klar, kein Problem.»

«Weil, wenn ich mit dir …»

«Vergeben und vergessen», unterbrach Buffy.

«Weil ich nur daran denke, wie gerne ich dich küssen würde», fuhr er fort, aber der Sinn seiner Worte kam nicht gleich bei ihr an.

Sie plapperte resolut weiter, entschlossen, ihn nicht merken zu lassen, dass sie ihn einfach nicht verlieren wollte.

«Man könnte auch sagen: Schnee von gestern ...» Jetzt erst begriff sie, was er gesagt hatte. «Mich küssen?», wiederholte sie und sah ihn an.

Sein Gesicht war immer noch sehr ernst. Es bereitete ihm kein Vergnügen, ihr das zu sagen. «Ich bin älter als du, und das kann niemals ...» Er hielt inne und schien sich dann zu besinnen. «Ich sollte gehen.»

«Wie viel ... älter?», frage sie sanft.

Wieder zögerte er. Er sah ihr tief in die Augen. Eine Hitzewelle durchfuhr sie vom Kopf bis zu den Zehen.

«Ich sollte ...»

«Gehen, hast du gesagt.» Sie ging auf ihn zu und wusste, dass er nicht gehen würde. Erregt spürte sie, dass er nicht gehen konnte.

Sie hob ihr Kinn, und er fuhr zärtlich mit dem Finger darüber. Dann küsste er sie. Es war ein sehr weicher Kuss, sanft und vorsichtig.

«Angel! Angel!», jubilierte Buffy innerlich. Dass sie die Jägerin war, dass sie sechzehn war, wurde unwichtig. Alles andere um sie herum verschwamm. Sie spürte nur noch Angels Arme und seine Küsse.

Beide waren sie angespannt, als ihre Küsse leidenschaftlicher wurden. *Ja.* Sie gab sich ganz dem Moment hin, schmiegte sich an ihn, während sie ihn leidenschaftlich küsste und er ihren Kuss mit wachsender Intensität erwiderte. Plötzlich merkte sie, dass er gegen sie ankämpfte und versuchte, sich aus ihrer Umarmung zu befreien.

Er trat zurück und wand sein Gesicht von ihr ab.

«Was?», fragte sie leicht außer Atem. «Angel, was ist los?»

Plötzlich sah er sie an. Seine dunklen Augen waren wild und glänzten wie die eines Tieres. Seine sanften Lippen waren zurückgezogen und entblößten scharfe, spitze Zähne …

Vampirzähne.

Sie schrie vor Angst laut auf.

Knurrend sprang Angel durch das Fenster und verschwand in der Nacht, während Buffy immer noch schrie.

Nein. Nein. Nein.

Die Tür zu ihrem Zimmer ging auf. Ihre Mutter kam hereingerannt und rief: «Buffy, was ist passiert?»

Buffy rang nach Atem. Sie konnte nicht sprechen. Wie sollte sie es erklären? Wo sollte sie anfangen?

Mit dieser Sache musste sie allein klarkommen.

«Nichts», stieß sie hervor. «Es war nur ein Schatten.»

Drei

«Angel ist ein Vampir?» Willow war genauso überrascht wie Buffy selbst.

Das Tageslicht hatte die Schockwirkung nicht verringern können, als sie am nächsten Morgen ihren Freunden von Angels schrecklichem Geheimnis erzählte.

Buffy fühlte sich hundeelend. «Ich kann nicht glauben, was passiert ist. Eben küssen wir uns noch, und im nächsten Augenblick …» Sie drehte sich zu Giles um und sagte mit fast flehendem Tonfall: «Kann ein Vampir nicht doch ein guter Mensch sein? Ist das vielleicht möglich?»

Obwohl Giles ein wahrer Meister des Taktgefühls sein konnte, hatte er Buffy noch nie belogen. Wenigstens nicht, soviel sie wusste. «Dieses eine Mal hätte ich nichts dagegen», dachte sie, als er anfing, genau das zu sagen, was sie befürchtet hatte.

«Ein Vampir ist überhaupt kein Mensch. Er mag die Bewegungen, die Erinnerungen, ja sogar die Persönlichkeit des Menschen haben, dessen Hülle er sich zugelegt hat. Aber im Kern bleibt er immer ein Dämon. Und das ändert sich nie?»

Willow sah Buffy an. «Das bedeutet also nein, hm?»

Buffy konnte es nicht glauben. «Ja, aber was hat er dann getan? Warum hat er mir geholfen? Gehört das alles zum Plan des Meisters? Das macht doch keinen Sinn.»

Abgesehen davon ist es zu schrecklich, um wahr zu sein.

Mit müden Knochen und verwundeter Seele saß Buffy neben Willow auf einer Bank vor der Schule. Xander, der bis jetzt geschwiegen hatte, setzte sich dazu und hielt sein Skateboard fest.

«Also, du hast ein Problem, und zwar kein allzu kleines», fing er an. «Lass uns tief Luft holen und die Sache ruhig und objektiv betrachten!»

Buffy nickte. Das machte Sinn. Sie wartete voller Hoffnung auf die Lösung ihres Problems.

Und Xander hatte sie: «Angel ist ein Vampir, und du bist die Jägerin. Ich glaube, es ist nur allzu offensichtlich, was du zu tun hast.»

«Nein!», dachte sie verzweifelt. Sie sah Giles an. Giles seufzte. «Das ist die Pflicht der Jägerin.»

Xander fuhr fort: «Ich weiß, dass du Gefühle für diesen Typ hast, aber es ist doch nicht so, dass du in ihn verliebt bist, oder?»

Buffy sagte nichts, aber Xander konnte die Antwort von ihrem Gesicht ablesen. Er explodierte förmlich. «Du bist in einen Vampir verliebt?», rief er laut. «Hast du sie eigentlich noch alle?»

«*Was?*»

Cordelia Chase stand schockiert direkt hinter ihm.

Xander sah betroffen aus. «Ich meine, äh, er ist doch der reinste Blutsauger», sagte er ernst zu Buffy. «Der will dich doch nur ausnutzen, merkst du das nicht!»

Cordelias Nasenflügel bebten wie die Nüstern eines Stiers vor dem Angriff. «Wo hast du denn dieses Kleid gekauft?», donnerte sie los.

Buffy beobachtete mit den anderen, wie die Cheerleaderin auf ein anderes Mädchen zuschoss, das genau das gleiche Kleid wie Cordelia trug, schwarz mit einem bunten Pop-Art-Design. Cordelia bellte: «Das ist aus der Kollektion von Todd Oldham. Weißt du eigentlich, wie viel dieses Kleid kostet?»

Das andere Mädchen versuchte, sich vor Cordelias Zorn in Sicherheit zu bringen, aber Cordelia wusste das zu verhindern. Sie riss an dem Kleid und versuchte, das Etikett zu lesen. Dabei zischte sie: «Es ist eine Nachahmung, nicht wahr?»

Das Mädchen versuchte erneut zu entkommen. Aber die selbst ernannte Modekommissarin ließ nicht locker. «Ich wusste doch, dass es eine billige Nachahmung ist! Da sieht man wieder, dass die freien Handelsabkommen zu nichts taugen.»

Die zwei verschwanden in der Menge. «Und wir glauben, *wir* hätten Probleme», kommentierte Buffy knapp.

Angel ging über den Flur zu seinem Apartment. Die Tür war nicht verschlossen, und er trat ein. Das dürftige Licht ließ den Großteil des Raums im Dunkeln. Als er eine weitere Lampe anknipste, fröstelte ihn, denn er spürte, dass noch jemand anwesend war.

«Wer ist da?», fragte er alarmiert, aber ohne Angst.

«Eine Freundin.» Er drehte sich um: Es war Darla. Sie

spürte seine Anspannung, als sie lächelnd aus der Dunkelheit trat. Sie genoss sein Unbehagen.

«Hallo», sagte sie. «Lange nicht gesehen.»

«Ein ganzes Leben», antwortete Angel gelassen.

«Oder auch zwei. Aber wer zählt schon die Jahre.»

Er zeigte auf ihre Kleidung. «Seit wann siehst du denn aus wie ein katholisches Schulmädchen? Letztes Mal, als ich dich gesehen habe, trugst du noch Kimonos.»

«Und als ich dich zuletzt gesehen habe, hattest du noch nichts mit Mädchen von der High School.» Sie konnte nicht ahnen, wie sehr ihn dieser Kommentar schmerzte. Buffys verängstigter Gesichtsausdruck hatte sich tief in sein Gedächtnis gebrannt. «Hast du nicht Lust?», fragte sie und machte einen angedeuteten Knicks. «Erinnerst du dich an Budapest um die Jahrhundertwende? Du warst bei diesem Erdbeben so ein schlimmer Junge.» Sie kam mit langsamen Bewegungen auf ihn zu, als bereitete sie sich auf einen Angriff vor.

Die Erinnerung an seine eigenen Übeltaten schmerzte ihn, wie jede Erinnerung, die er an seine Existenz als Vampir hatte. «Aber du warst auch nicht schlecht», entgegnete er.

Ihr Kichern klang tief und rauchig. Für einen Moment schien sie schön. «Gibt es etwas Besseres als Naturkatastrophen? Die Panik der in den Straßen umherirrenden Menschen. Das ist, als ob einem die Tauben direkt in den Mund fliegen.»

Sie schwebte durch seine Wohnung und untersuchte seine Habe. Es war klar, dass sie ihn als *ihre* Habe ansah.

Sie betrachtete sein Bett. «Hübsch», kommentierte sie ironisch. «Du lebst oberirdisch – wie einer von ihnen. Du und deine Freundin, ihr greift uns an, als wärst du einer von ihnen. Aber, mein Teurer, du bist nicht einer von ihnen!»

Ohne Vorwarnung griff sie nach dem Seil des Rollos und zog daran. Ein Sonnenstrahl traf Angel wie Feuer. Er spürte den Schmerz bis tief in die Knochen und stürzte zu Boden.

«Bist du nicht, oder?»

Er richtete sich langsam wieder auf und schob den Unterkiefer vor. Er wollte sie nicht zur Zeugin seiner Qualen machen. «Nein, aber ich bin auch nicht hundertprozentig einer von euch.»

«Das redest du dir also heute ein?» Sie ging zum Kühlschrank und öffnete die Tür. Beutel mit Blut hingen aus dem oberen Fach herunter. Er wusste, was sie davon hielt, als sie verächtlich die Aufkleber der Blutbank beäugte: Dieses Blut war kalt, tot und leblos. Es zu trinken konnte einem Vampir keinen Zauber, keine Verzückung bieten.

Das war der Preis, den er bereit war zu zahlen, um sich von Vampiren wie Darla fern zu halten. Und von jedem anderen Vampir, den er kannte.

«Du kannst dich nicht nur aus der Dose ernähren», sagte sie gedehnt und kam weiter auf ihn zu. «Du und ich, wir beide wissen, wonach du dich sehnst, was du brauchst. Hey, dafür muss man sich nicht schämen. So sind wir nun mal. Das macht das ewige Leben lebenswert.»

Sie berührte seine Brust und fing an, ihn zu liebkosen. Er reagierte nicht, aber er kochte vor Wut. Sie sah ihn mit einem anzüglichen Lächeln an. «Du kannst deine wahre Natur vielleicht für einige Zeit unterdrücken, aber ich spüre sie in dir brodeln. Ich hoffe, dass ich dabei bin, wenn sie explodiert.»

«Vielleicht besser nicht», sagte er mit tiefer, gefährlicher Stimme und blickte sie starr an.

«Ich habe keine Angst vor dir. Aber ich wette, *sie* schon.» Sie drehte sich um und ging in Richtung Tür. «Vielleicht unterschätze ich sie ja auch. Rede mit ihr. Erzähl ihr von dem Fluch. Vielleicht versteht sie es. Aber wenn sie dir dann immer noch nicht vertraut, weißt du ja, wo du mich findest.»

Damit schlenderte sie zur Tür hinaus.

Angel starrte ins Leere. Er hasste sie. Er hasste die Wahrheiten, die sie ihm ins Gesicht gesagt hatte. Er hasste den Ausdruck der Angst auf Buffys schönem Gesicht, als er sein wahres Ich enthüllt hatte. Manchmal war es leichter zu lügen. Wie die Lüge, die er sich selbst erlaubt hatte zu glauben: dass es eine Rolle spielte, dass er all die schrecklichen Taten, die er begangen hatte, mit jeder Faser seines Körpers bereute. Dass ihm die Untaten deshalb leichter vergeben würden.

Dass er dadurch wieder zum Menschen wurde.

Er fragte sich, ob Buffy ihn jetzt jagen würde. Und wenn ja, was er dann tun sollte.

Ja, die Forschung. Nur Fakten konnten diese Beziehung retten. Da war sich Willow allerdings nicht so sicher. Aber man konnte ja hoffen.

In der Schulbibliothek saßen Willow und Buffy an einem Tisch, Xander stand neben ihnen. Sie sahen schweigend Bücher über Dämonen, Vampire und über all die anderen unappetitlichen Sachen durch, über die Willow zu lesen begonnen hatte, als Buffy in ihr Leben getreten war.

«Hier ist endlich etwas», verkündete Giles, als er zwischen den Magazinen auftauchte und damit das Schweigen brach.

Xander machte einen Satz in die Luft. «Können Sie uns demnächst bitte warnen, bevor Sie das machen?»

Giles trug ein paar sehr alte, verwittert aussehende Bücher herbei. Er ignorierte, was Xander gesagt hatte, und fuhr gleich fort: «Es steht zwar nichts über Angel in diesen

Texten, aber dann fiel mir ein, dass ich vor Jahren die Akten aller Wächter vor mir gelesen habe.»

Willow sah Buffy an. «Das muss so peinlich gewesen sein, als du gedacht hast, er hätte dein Tagebuch gelesen, und dann kam heraus, dass er genauso fühlte ...» Sie riss sich zusammen und sagte zu Giles: «Ich höre zu.»

Giles zeigte auf eines der Bücher, die er auf dem Tisch aufgeschlagen hatte, und erklärte: «Hier wird in Irland vor zweihundert und ein paar Jahren ein ‹Angelus› erwähnt, ‹der mit dem Engelsgesicht›.»

«So weit stimmt es jedenfalls», bemerkte Buffy trocken.

Xander hustete. Alle sahen ihn an. Er machte ein unschuldiges Gesicht und sagte: «Ich wollte gar nichts sagen. Ich habe rein gar nichts zu sagen.»

Giles sah wieder in das Buch und fragte: «Hat Angel eine Tätowierung auf seiner rechten Schulter?»

Buffy nickte. «Ja, einen Vogel oder so was.»

Xander bekam große Augen. Er beugte sich vor und sagte: «*Jetzt* habe ich allerdings etwas zu sagen. Du hast ihn *nackt* gesehen?»

Willow versuchte, das Gespräch wieder in ruhigere Gewässer zu steuern. «Also treibt sich Angel schon eine ganze Weile herum.»

Giles nickte. «Für einen Vampir noch gar nicht so lange. Zweihundertvierzig Jahre oder so.»

Willow hörte, wie Buffy in einer Art Galgenhumor lachte. Sie empfand Mitleid mit ihr. «Zweihundertvierzig Jahre. Na ja, er hat gesagt, er wäre älter als ich.»

Giles nahm Buffys Verzweiflung gar nicht wahr, setzte sich und konsultierte ein anderes Buch. «Angelus verlässt Irland, richtet jahrzehntelang in Europa schwerste Schäden an. Dann, vor etwa achtzig Jahren, passiert etwas sehr Merkwürdiges ...» Er griff nach einem anderen Buch. «Er kommt nach Amerika, meidet fortan andere Vampire und lebt allein. Es gibt keinen Eintrag über seine Jagdaktivitäten hier.»

Willow wurde munter. «Also ist er ein guter Vampir. Ich meine, auf einer Skala von eins bis zehn, wenn zehn jemand ist, der jede Nacht tötet und verstümmelt, und eins jemand, der ... nicht ...» Sie errötete angesichts ihrer Wortwahl und weil Buffy so ein trauriges Gesicht machte.

«Es tut mir Leid», sagte Giles. «Es gibt zwar keinerlei Aktennotizen, aber Vampire jagen und töten. Dazu sind sie nun mal da.»

«Fische müssen schwimmen und Vögel fliegen», bemerkte Xander, aber als niemand lachte, merkte er, dass sein Witz deplatziert war.

«Er hätte mich beißen können, aber er hat es nicht getan», warf Buffy ein.

«Andere Frage», fuhr Xander fort. «Vor hundert Jahren oder so, bevor er nach Amerika kam, was war er da für einer?» Willow war sich nicht sicher, ob die unüberhörbare Schärfe in seiner Stimme daher rührte, dass er Buffy beschützen wollte oder ob er eifersüchtig auf Angel war.

«Was sie alle sind», entgegnete Giles sehr freimütig. Er sah Buffy direkt in die Augen, um sicherzugehen, dass sie ihm zuhörte. «Ein brutales, gefährliches Tier.»

Im Lager des Meisters trat Darla vor den Dämonenkönig und sagte: «Glaube nicht, dass ich nicht dankbar bin, weil du mich die Drei hast töten lassen.»

Der Meister machte eine wegwerfende Handbewegung. «Wie sollen meine Kinder etwas lernen, wenn ich alles für sie erledige?»

Er lächelte Collin, den Gesalbten, an, der neben ihm saß.

«Aber du musst mir die Sache mit der Jägerin überlassen», fügte Darla hinzu. Nichts würde ihr mehr Vergnügen bereiten, als jeden Blutstropfen aus Angels kleiner menschlicher Freundin herauszusaugen.

Der Meister hob eine Augenbraue und sagte mit seiner Singsang-Stimme: «Soso, erteilst du mir jetzt Befehle?»

Sie ging weg und rief ihm über die Schulter zu: «Gut, dann tun wir einfach gar nichts, während sie uns der Reihe nach tötet.» Ihre Stimme war sanft, ihr Tonfall heiter, fast eine Imitation des Meisters.

«Hast du etwa einen Plan, Darla?», fragte der Meister.

Sie lächelte und drehte sich wieder um.

«Lass mich hören», befahl er.

«Angel wird sie töten und wieder zu uns zurückkommen.»

«Angel», murmelte der Meister. Er starrte ins Leere. Vielleicht hatte er dasselbe Bild vor Augen wie Darla: Angelus, die Geißel Europas, eine mörderische Bestie. «Er war die bösartigste Kreatur, die ich je kennen gelernt habe. Ich vermisse ihn.»

«Ich auch.» Das bedurfte eigentlich keiner Erwähnung.

«Warum sollte er sie töten, wenn er Gefühle für sie hat?», fragte der Meister.

Darla lächelte. «Um sie davon abzuhalten, ihn zu töten.»

Der Meister erwiderte ihr Lächeln und biss sich vor Vergnügen auf die Zunge. Er sagte zu dem Gesalbten: «Siehst du, wie wir alle zum Wohle der Gemeinschaft zusammenarbeiten? So muss eine Familie funktionieren.»

Willow und Buffy lernten. Eigentlich lernte nur Willow, und Buffy hing ihren Gedanken nach. Sie hatten sich zusammengesetzt, um den Lehrstoff noch einmal durchzugehen. Buffy hatte das Gefühl, dass ihr Leben nur aus zwei Dingen bestand. Töten und Prüfungen.

Willow fragte langsam: «Wann begann also der Wiederaufbau?» Sie wartete.

«Buffy?»

Buffy schreckte hoch. «Hm? Oh! Wiederaufbau. Der Wiederaufbau begann nach ... äh, der Wiederaufbau, der sehr schlimm war, sie mussten wieder ...»

Willow warf ihr den rettenden Strohhalm zu. «Nach der Zerstörung durch den *Bürgerkrieg*.»

Buffy erinnerte sich. «Richtig. Der Bürgerkrieg.» Aber sie verlor sich schon wieder in ihren Gedanken. «Zu der Zeit war Angel schon ... über hundert Jahre alt.»

Willow fragte sanft: «Sollen wir über Jungs reden, oder willst du deine Geschichtsprüfung schaffen?» Sie wartete einen Moment, dann klappte sie ihr Geschichtsbuch zu und lehnte sich zu Buffy hinüber. Sie waren zwar allein in der Bibliothek, aber sie senkte dennoch ihre Stimme. «Manchmal habe ich diese Phantasievorstellungen, dass Xander mich einfach packt und mitten auf den Mund küsst.»

Buffy erwärmte sich für das Thema. «Wenn du Xander willst, musst du es nur sagen, Willow!»

Sie sah völlig verschreckt auf. «Nein, nein! Nichts sagen. Das führt nur zu Wahnsinn und schwitzigen Handflächen!»

Oben im zweiten Stock der Bibliothek hinter den Magazinen lauschte Darla ihnen. Die junge, unschuldige Freundin der Jägerin senkte ihre Stimme und sagte: «Okay, es gibt etwas, das ich unbedingt wissen muss. Als Angel dich geküsst hat, ich meine, bevor er ... wie war es?»

Die Jägerin bekam rosige Wangen und einen verträumten Blick. «Unglaublich», sagte sie. Sie lachte leise – auf die typische Art, wie junge verliebte Mädchen lachen, erinnerte sich Darla.

Ihre Freundin war beeindruckt. «Klasse. Und ist es nicht ein Wunder, dass er ewig jung bleiben und gut aussehen wird? Und du wirst immer runzliger und stirbst, und ach, was ist mit den Kindern?» Sie musste bemerkt haben, dass sie die Gefühle der Jägerin verletzte, denn sie sagte schnell: «Ich halte jetzt besser den Mund.»

Die Jägerin legte den Kopf schief und lächelte traurig. «Nein, nein, ist schon in Ordnung. Ich muss das hören. Ich muss über ihn hinwegkommen, damit ich …»

«Damit du …?» Willow tat so, als steche sie mit ihrem Stift auf jemanden ein. Darla war freudig erregt. Ihr Plan würde sich leichter durchführen lassen, als sie erwartet hatte.

Buffy zuckte mit den Schultern. «Wie Xander schon sagte: Ich bin die Jägerin. Und er ist ein Vampir. – Mein Gott, ich kann das nicht. Er hat mir nie etwas Böses getan.» Sie hielt inne. «Okay, also, ich muss aufhören, darüber nachzudenken.» Entschlossen klappte sie ihr Buch auf. «Gut, gib mir noch eine halbe Stunde, vielleicht bleibt bis dahin etwas hängen. Dann gehe ich nach Hause, Trübsal blasen.»

«Okay. Also dann: Die Epoche des Wiederaufbaus», las die Freundin der Jägerin pflichtbewusst vor, «wird im Allgemeinen auch als …»

Darla schwebte von dannen. Sie hatte in der nächsten halben Stunde viel zu tun.

Joyce Summers hatte Berge von Papierkram zum Bearbeiten auf den Küchentisch gehäuft. Sie schenkte sich eine Tasse Kaffee ein und nahm einen Schluck.

Irgendwo im Haus war ein gedehntes Knarren zu hören. Sie sah auf, bemerkte aber nichts Außergewöhnliches und wandte sich wieder der Buchführung für die Galerie zu.

Sie hörte es wieder. Es war draußen. Leicht beunruhigt stand sie auf und ging zur Hintertür. Sie sah aus dem Fenster, aber da war nichts zu sehen.

Als sich die Mutter der Jägerin jedoch umdrehte, verpasste sie Darla, deren Züge sich schon zum Vampirgesicht verzerrt hatten. Sie grinste hämisch, denn sie lauerte auf die Vollendung ihres Plans. Dann verschwand sie leise vom Fenster.

Joyce ging durch das ganze Haus und wurde immer nervöser wegen des Knackens und Knarrens. «Du liebe Güte, das Haus setzt sich einfach nur», sagte sie zu sich selbst, aber sie erschreckte ein wenig, als jemand an die Haustür klopfte.

Da stand ein blondes Mädchen mit einem süßen Lächeln. Es trug Schulbücher unter dem Arm und war sehr konservativ angezogen. Als Joyce die Tür aufmachte, dachte sie kurz daran, wie sehr sie sich wünschte, Buffy würde sich so anziehen.

«Hallo?», fragte Joyce freundlich.

«Hallo, ich bin Darla. Eine Freundin von Buffy», sagte das Mädchen zögerlich.

«Oh.» Joyce entspannte sich. «Schön, dich kennen zu lernen.»

Schweigen.

«Hat sie nicht gesagt, dass ich zum Lernen vorbeikommen wollte?» Darla lächelte schüchtern.

Joyce war etwas verwirrt und zugleich eine Spur alarmiert. «Nein», sagte sie. «Ich dachte, sie sitzt mit Willow in der Bibliothek.» Damals, in Los Angeles, war sie oft auf unerklärliche Weise verschwunden. Sie hatte gehofft, dass all das nun hinter ihnen liege.

«Das tut sie auch», versicherte Darla. «Willow ist die Expertin für den Bürgerkrieg, aber ich sollte ihr mit dem Unabhängigkeitskrieg helfen.» Ihr Lächeln wirkte bescheiden, aber auch etwas geziert. «Meine Familie geht bis in diese Zeit zurück.»

«Also, ich bin sicher, sie kommt bald nach Hause», sagte Joyce. «Möchtest du nicht hereinkommen und warten?»

Darla schritt über die Schwelle des Summersschen Heims. «Sehr nett, dass Sie mich hereinbitten», sagte sie.

Joyce lächelte amüsiert. Es klang komisch, wie sie es sagte, aber so waren Kinder nun einmal. Manchmal schrecklich, manchmal süß, manchmal beides gleichzeitig. Sie mochte dieses Mädchen. «Herzlich willkommen», sagte sie, und Darla trat ein. «Ich kämpfe schon die ganze Zeit mit den Unterlagen für die Buchhaltung. Möchtest du etwas zu essen?», fügte Joyce noch hinzu.

«Ja, gerne», antwortete Darla.

«Mal sehen, was wir dahaben.» Joyce ging in die Küche voran und fragte über ihre Schulter: «Hast du Lust auf etwas Kleines oder etwas Großes?»

«Etwas Großes», antwortete Darla und erlaubte ihrem wahren Ich – ihrem vampirischen Ich –, sich zu enthüllen. Bald, schon sehr bald würde Angel hier sein.

Er konnte sich nicht fern halten. Er *musste* mit Buffy sprechen.

Angel trat auf die Haustür zu und hob seine Hand, um

anzuklopfen. Dann hielt er inne und drehte sich mit einem Seufzer auf den Lippen wieder um. Er musste es tun.

Weggehen.

Er war schon fast auf der Straße, als er hörte, wie jemand laut aufschrie. Er lief um das Haus und riss die Hintertür auf. Buffys Mutter hing in Darlas Armen. Blut floss aus den zwei kleinen Wunden an ihrem Hals. Darlas Vampirmund war verschmiert vom Blut der Frau.

«Lass sie in Ruhe.»

Darla sah ihn an und lachte. «Ich habe nur ein bisschen gehabt. Es gibt noch viel mehr. Hast du nicht nach all der Zeit Hunger auf etwas Warmes?»

Angel zögerte. Als er den verführerischen Geruch des warmen, lebendigen Blutes wahrnahm, begann er heftiger zu atmen. Sie hatte Recht, er gierte danach. Er gierte immer danach.

Darla sprach mit einer verführerischen, einladenden Stimme und bot ihm Joyce Summers an: «Komm schon, Angel!»

Angel schüttelte den Kopf. Er versuchte seine Verwandlung, seine Gier zu bekämpfen. Das da war ein lebendiger Mensch. Das war Buffys Mutter.

«Sag einfach ja», flüsterte Darla und legte ihm die bewusstlose Frau wie eine kaputte Puppe in die Arme. Er kämpfte mit seiner Lust, kämpfte hart dagegen an, fühlte aber, wie er verlor. Er wurde immer schwächer, immer hungriger, er starb fast vor Hunger.

Sein Gesicht veränderte sich. Der Wechsel zum Vampir fiel ihm leicht, erschreckend leicht. Darlas Augen leuchteten vor Entzücken, und triumphierend sagte sie: «Willkommen zu Hause.»

Sie bewegte sich zur Tür und ließ ihn mit Buffys Mutter

in den Armen allein zurück. Angel starrte auf das Blut an ihrem Hals, das frische, warme Blut …

Er schloss die Augen und versuchte, sich zu kontrollieren. Dann öffnete er sie wieder und bewegte seinen Kopf, seine Zähne, auf Joyces Hals zu. Darlas Biss war nicht tief. Das Blut schimmerte. Er kam näher …

«Hallo!», ertönte eine Stimme. «Ich bin wieder da!»

Buffy kam vom Flur in die Küche und erstarrte.

Angel konnte nicht sprechen. Die Gier in ihm war so groß. Die Gier … und die Scham.

Angel durch das große Fenster auf der Frontseite des Hauses hinauszuwerfen war nicht die netteste Art, ihn loszuwerden, aber das war Buffy egal. Nettigkeit war nicht immer ausschlaggebend. Angel fiel auf den Rasen. Natürlich war er unverletzt. Er stand auf und sah sie an. Sie hatte noch nie jemanden so gehasst wie ihn in diesem Moment. Gefährlich ruhig drohte sie ihm: «Du bist hier nicht willkommen. Wenn du wieder in unsere Nähe kommst, töte ich dich.»

Er sah sie nur schweigend mit seinen dunklen, brutalen Augen an. Sie machte auf dem Absatz kehrt und rannte in die Küche. Dort griff sie zum Telefonhörer und wählte die Nummer des Notrufs.

«Mom, Mom, kannst du mich hören?», fragte sie in allergrößter Sorge. Als sich endlich jemand meldete, rief sie in den Hörer: «Ja. Ich brauche einen Krankenwagen zum Revello Drive Nummer sechzehn dreißig. Meine Mutter … sie hat sich geschnitten. Sie hat viel Blut verloren. Bitte, beeilen Sie sich!» Sie hängte ein. «Mom?»

Die Hintertür ging auf. Sie drehte sich herum, gefasst auf einen erneuten Angriff von Angel. Xander und Willow kamen herein.

«Hallo, Buffy», sagte Xander, und dann erst sah er ihre Mutter auf dem Boden liegen. «O mein Gott!»

Willow schnappte nach Luft. «Was ist passiert?»

«Angel», sagte Buffy nur, und ihre Welt zersplitterte in tausend Teile.

Vier

Giles kam mit raschen Schritten den Krankenhausflur heruntergeeilt und betrat Joyce Summers' Zimmer. Sie lag im Bett und hatte einen schmalen Verband um ihren Hals. Buffy hatte sich wie zu ihrem Schutz neben ihr aufgebaut, während Willow und Xander sich im Hintergrund hielten.

Buffy fragte gerade: «Kannst du dich an etwas erinnern, Mom?»

Ihre Mutter war verwirrt. «Nur an … Besuch für dich. Ich wollte eine Kleinigkeit zu essen machen.»

Voller Schuldgefühle echote Buffy: «Besuch!»

Joyce sprach schleppend weiter: «Ich glaube, ich bin ausgerutscht und habe meinen Hals …» Sie hielt inne. «Der Arzt sagte, es sieht wie von einer Barbecue-Gabel aus. Wir haben gar keine Barbecue-Gabel.» Sie bemerkte Giles. «Sind Sie auch ein Arzt?»

«Mom, das ist Mr. Giles», beeilte sich Buffy zu erklären.

«Aus eurer Schulbibliothek?», fragte ihre bedauernswerte Mutter. «Was macht er …?»

Giles trat vor. «Ich bin nur gekommen, um Ihnen meine Aufwartung zu machen und um Ihnen eine schnelle Genesung zu wünschen.»

Seine Worte drangen nur langsam in ihren mit Beruhigungsmitteln lahm gelegten Kopf. «Mein Gott, die Lehrer in dieser Stadt kümmern sich wirklich!»

Buffy sagte: «Ruh dich jetzt etwas aus.» Sie gab ihrer Mutter einen Kuss auf die Wange und verließ, gefolgt von ihren Freunden, das Zimmer.

Im Flur lehnte sich Buffy erschöpft gegen die Wand. «Sie kommt wieder in Ordnung. Man hat ihr Eisen gegeben. Ihre Blutwerte waren ziemlich …»

Giles merkte, wie sehr sie um Fassung rang. Er war tief betroffen von ihren Problemen. Einerseits war sie natürlich die Auserwählte, *die* Waffe der Menschheit gegen die dunklen Mächte schlechthin, aber andererseits war sie auch ein sechzehnjähriges Mädchen, das sich in die unpassendste … «Person» verliebt hatte.

«Ziemlich im Keller», ergänzte er und ließ ihr Zeit, sich zu sammeln. Er wünschte, etwas tun oder sagen zu können, das sie tröstete, aber zu ihr musste er immer mit der Stimme der Vernunft sprechen. Im Notfall war das die einzige Stimme, auf die sie sich verlassen durfte. Es war seine Pflicht, sie zu beschützen – nicht, ihr zu geben, was sie wollte.

Er fuhr fort: «Es sieht nach einer leichten Blutarmut aus. Wir haben Glück gehabt, dass du sie so schnell gefunden hast.»

Sie fuhr auf. «Glück gehabt? Ich war ziemlich blöd», sagte sie unglücklich.

«Buffy, es war nicht dein Fehler», betonte Xander nachdrücklich. Giles war stolz auf ihn. Er hätte jetzt ebenso sagen können: «Hab ich dir doch gesagt.»

«Nein?» Buffy sah ihn streng und verärgert an. «*Ich* habe ihn zu mir nach Hause eingeladen. Und auch, als ich wusste, wer er ist, was er ist, habe ich nichts unternommen, weil *ich* Gefühle *für ihn* hatte. Weil er mir etwas bedeutete.»

«Wenn einem jemand etwas bedeutet», warf Willow mit

einem schnellen Seitenblick auf Xander ein, «dann bedeutet er einem etwas. Das kann man nicht ändern, indem man …»

«Ihn umbringt?», fragte Buffy. «Vielleicht nicht. Aber es ist ein Anfang.»

Keiner sagte etwas, bis Xander schließlich vernehmen ließ: «Wir passen auf deine Mom auf.»

Giles war sich nicht sicher, ob sie Angel besiegen konnte. Aber er wusste, dass er etwas sagen musste.

«Buffy …»

Sie sah ihn an. «Sie können mich nicht hindern. Die Drei haben mir beim *Bronze* aufgelauert und er auch. Er wohnt in der Nähe.»

Giles blieb hart. «Das ist kein gewöhnlicher Vampir.» Er sah sich nach allen Seiten um und sprach im Flüsterton weiter. «Wenn es so was überhaupt gibt. Er kennt dich. Er hat die Drei überlebt. Ich glaube, für ihn braucht es mehr als einen einfachen Holzpflock.»

«Das glaube ich auch», entgegnete sie knapp.

Giles sagte nichts mehr. Er wusste, dass sie entschlossen war. Sie tat ihm sehr Leid, und er machte sich große Sorgen. Aber er verbrachte die meisten Nächte damit, sich um Buffy Sorgen zu machen. Welches anständige menschliche Wesen würde das nicht?

In der verdunkelten Bibliothek lud Buffy die Armbrust mit drei Bolzen. Sie prüfte die Spannung des Bogens. Es war eine gute Waffe.

Damit würde sie den Job erledigen.

In Angels Wohnung umkreiste Darla ihn wie ein Raubtier. Er saß zusammengesunken auf einem Stuhl. Sanft und anzüglich schnurrte sie: «Sie bricht jetzt zur Jagd nach dir auf. Sie will dich töten.»

Angel wollte Darla umbringen, einfach irgendetwas tun, um sie zum Schweigen zu bringen. Aber er sagte nur: «Lass mich in Ruhe!»

«Was hast du denn geglaubt?», setzte sie ihm zu und beugte sich zu ihm hinunter. «Dachtest du, sie würde es *verstehen*? Dachtest du, sie könnte in dein Gesicht – in dein wahres Gesicht – sehen und dir einen Kuss geben?»

Sie kam auf Kussnähe an ihn heran. Sie starrten sich in die Augen – Mann und Frau, Monster und Monster.

Zwei von derselben Art.

Buffy zielte auf ein Poster, auf dem ein gut aussehender Typ eine Zigarette rauchte. Auf dem Poster stand: «Rauchen ist scheiße.» Sie ließ den Bolzen fliegen, mitten in das Herz des vom Krebs angefressenen Typen.

Darla bearbeitete Angel immer noch. Sie merkte nicht, dass sein Ärger wuchs. Oder wollte sie es nicht merken? «Seit hundert Jahren hattest du keinen Moment Ruhe, weil du nicht akzeptierst, wer du wirklich bist. Dabei ist das alles, was du tun musst. Es akzeptieren. Lass dir *sie* nicht zum Verhängnis werden. Winsele und wimmere nicht wie ein räudiger Mensch. Töte! Sauge Blut! *Lebe!*»

Ihre Worte waren der Auslöser. Er stand auf, packte ihre Handgelenke und stieß sie gegen die Wand. «Also gut!», brüllte er.

Sie wurde sofort ernst, vielleicht, weil sie das Tier in seinen Augen sah, wie es sich zum Sprung bereitmachte. Schwer atmend fragte sie: «Was willst du?»

«Ich will, dass Schluss ist damit», sagte er wild.

«Das ist gut.» Sie blickte auf seine Hände, die immer noch ihre Gelenke umklammerten. «Du tust mir weh.» Sie lächelte. «Das ist auch gut.»

Buffy schlich durch die Stadt. Sie ging an einem leeren Parkplatz vorbei, um den ein Stacheldrahtzaun gezogen war. Dann näherte sie sich dem *Bronze*. Es sah verlassen aus. Auf einer kleinen Tafel neben dem Eingang stand mit Kreide geschrieben: «Geschlossen wegen Ausräucherung. Wiedereröffnungsparty am Samstag.»

Sie hörte, wie irgendwo über ihr Glas zersplitterte. Sie sah nach oben und schritt am Gebäude entlang. Eine Metallleiter war an die Mauer gelehnt. Sie begann hinaufzuklettern.

Giles war mit seinen Gedanken bei Buffy, als er an Joyce Summers' Krankenbett saß. Auch Joyce dachte unentwegt an ihre Tochter. «Sie redet die ganze Zeit von Ihnen», sagte sie. «Es ist wichtig, dass man Lehrer hat, die Eindruck auf einen machen.»

Er lächelte freundlich und sagte: «Sie selbst macht auch ganz schön Eindruck.»

«Ich weiß, dass sie in Geschichte Probleme hat. Mal ehrlich: Ist es zu schwer für sie, oder strengt sie sich nicht genug an?»

Die Jägerin und der Wächter steckten in demselben Dilemma: Sie retteten die Menschheit vor Vampiren und Dämonen, aber um das tun zu können, mussten sie sich wie ganz normale Leute verhalten. Er sagte so taktvoll wie möglich zu ihr: «Buffy lebt doch sehr im Hier und Jetzt, und Geschichte hat mit den alten Zeiten zu tun. Aber es gibt keinen Grund …»

«Sie lernt mit Willow. Sie lernt mit Darla», fuhr Buffys Mutter fort. «Ich meine, sie gibt sich Mühe.»

Giles wurde sofort aufmerksam. «Darla?», fragte er vorsichtig. «Ich glaube nicht, dass ich sie …»

«Ihre Freundin. Die, die heute Abend vorbeikam», erklärte sie. Sein plötzliches Interesse war ihr entgangen.

«Darla war heute Abend bei Ihnen zu Hause? Sie war der Besuch, von dem Sie sprachen?» *Nicht Angel?*

«Das arme Ding.» Buffys Mutter lächelte ihn verlegen an. «Sie ist wahrscheinlich zu Tode erschrocken, als ich in Ohnmacht fiel. Jemand sollte mal nachsehen, ob mit ihr alles in Ordnung ist.»

«Ja, in der Tat. Und zwar sofort.» Er ging schnell zur Tür. «Ich werde das erledigen.»

Als er das Zimmer verließ, hörte er Joyce noch murmeln: «Diese Schule ist wirklich *toll*.»

Schnell eilte er den Krankenhausflur hinunter. Willow und Xander, die draußen vor Ms. Summers' Zimmer gewartet hatten, kamen hinter ihm her.

«Wir haben ein Problem», sagte Giles in dringlichem Ton.

Buffy verschaffte sich durch ein zerbrochenes Fenster Zugang zum *Bronze*. Mit der Armbrust in der Hand suchte sie die Galerie ab, ging dann langsam die Treppe hinauf und kontrollierte mit einem Blick von oben das ganze Lokal.

Als sie im oberen Stock angekommen war, glaubte sie, in einiger Entfernung die Silhouette eines Mannes zu sehen. Aber als sie herumfuhr und zielte, war niemand zu sehen.

Nichts.

Sie setzte ihre Jagd fort und schlich durch die düstere

Stille. Ohne das Licht, die Menschen und den Lärm war das *Bronze* ein unheimlicher Ort, der wie von einer anderen Welt schien.

Ein Schlachtfeld.

Sie hörte das Splittern von Glas und zielte wieder in die Dunkelheit.

«Ich weiß, dass du da bist!», rief sie und sondierte den Raum. «Und ich weiß, was du bist.»

«Was denn?» Als sie zielte, sprach Angel erneut, aber seine Stimme kam diesmal aus einer anderen Richtung. «Ich bin nur ein Tier, stimmt's?»

«Du bist kein Tier», sagte Buffy. «Tiere mag ich.»

Sie nahm ihre Waffe in Anschlag. Doch dann weiteten sich ihre Augen, als er auf sie zusteuerte. Er kam sehr nah. Er hatte sein Vampirgesicht.

«Bringen wir es hinter uns», knurrte er.

Er machte einen Sprung und bewegte sich sehr schnell. Sie brauchte eine Weile, bis sie sich seiner Geschwindigkeit angepasst hatte, und bis dahin war er bei dem Billardtisch angekommen. Sie nahm die Armbrust hoch, zielte und zog ab, aber der Bolzen flog quer durch den Club und bohrte sich in die gegenüberliegende Wand, als Angel gerade nach oben auf die Galerie sprang.

Buffy lud die Armbrust erneut, kroch um den Billardtisch herum und zielte nach oben in die Dunkelheit. Sie drehte sich langsam und versuchte, ihn auszumachen. Ihr Herz drohte zu zerbersten, jeder ihrer Sinne war in absoluter Alarmbereitschaft. Ihr Jägerinnen-Instinkt war erwacht, und ihre Nerven waren zum Zerreißen gespannt.

Er sprang hinter ihr zu Boden und trat mit den Füßen gegen ihren Hals. Der Stoß war so heftig, dass sie krachend auf dem Billardtisch landete. Sie stemmte sich dagegen und rammte ihm ihren Stiefel in den Leib, worauf er nach hinten fiel.

Solange Angel noch außer Gefecht war, rappelte sich Buffy vom Billardtisch auf und ließ sich auf den Boden fallen, um nach ihrer Armbrust zu greifen. Sie fasste zu, rollte sich auf den Rücken, hob leicht ihren Oberkörper und zielte mit der tödlichen Waffe auf ihn.

Angel stand auf und sah sie an – die perfekte Position zum Abdrücken.

Er knurrte.

Ihr Finger spannte sich um den Abzugshahn.

Plötzlich verwandelte sich Angel wieder vom Vampir in den gut aussehenden jungen Mann, der sie so begeistert hatte, als sie sich zum ersten Mal begegnet waren. Der an ihrer Seite gegen die Drei gekämpft hatte.

«Na komm schon», sagte er mit strenger Stimme. «Lass jetzt nicht nach.»

Buffy ließ den Bolzen fliegen. Er verpasste ihn um Längen und versank in dem Pfosten neben ihm.

«Leicht verfehlt», kommentierte er.

Sie sahen sich an. «Warum?», fragte sie leise, aber wütend. Sie sprang auf die Füße. «Warum hast du mich nicht angegriffen, als du die Gelegenheit hattest? War das ein Spiel für dich? Mich für dich einnehmen und dann …» Sie hielt für einen kurzen Moment inne. «Ich habe schon viele Vampire getötet. Aber ich habe noch nie einen so *gehasst*.»

«Fühlt sich gut an, nicht wahr?», fragte er ruhig, aber genauso bewegt wie Buffy. «Ist ein einfaches Gefühl.»

«Ich habe dich zu mir nach Hause eingeladen», sagte Buffy. Sie versuchte, ihm verständlich zu machen, wie sehr er sie verletzt hatte. Sie war zutiefst schockiert und verzweifelt. «Und dann hast du meine Familie angegriffen.»

«Warum denn nicht», entgegnete er leichthin, aber sein Gesicht verriet großen Schmerz. «Meine habe ich getötet.»

Er kam ihr bedrohlich nah.

«Ich habe ihre Freunde umgebracht. Und die Kinder ihrer Freunde. Hundert Jahre lang habe ich jedem, der mir zwischen die Finger kam, einen hässlichen Tod beschert. Und ich habe es mit einem fröhlichen Lied auf den Lippen getan.»

Hinter seinen Worten schien sich so etwas wie Selbsthass zu verbergen. Buffy reckte ihr Kinn leicht vor und fragte: «Und was geschah dann?»

«Ich habe meinen Blutdurst an einem Mädchen gestillt», brach es aus ihm heraus. «Ungefähr in deinem Alter. Wunderschön.» Er ließ seinen Blick für einen Moment in die Ferne schweifen. «Sie war zwar reichlich dumm, aber in ihrem Clan sehr beliebt.»

«In ihrem Clan?», wiederholte Buffy. Sie wusste nicht genau, was er meinte.

«Roma», erklärte er. «Zigeuner. Die Ältesten dachten sich die perfekte Strafe für mich aus.» Er hielt einen Moment inne. «Sie gaben mir meine Seele wieder zurück.»

«Was?!», rief sie aus, und ein klein wenig loderte ihr Feuer wieder auf. «Ich dachte, die regeln solche Sachen mit kochendem Öl oder stechen einem die Augen aus?»

«Wenn man zum Vampir wird, nimmt der Dämon den Körper, aber nicht die Seele. Die verschwindet. Kein Gewissen, keine Reue. So ist das Leben ganz leicht.»

Sie erinnerte sich, wie er gefragt hatte, ob ihn zu hassen ein gutes Gefühl war.

Um ihn herum war alles dunkel, und er stand in einem schwachen Lichtschein der bewaffneten Jägerin gegenüber, die Rache wollte. Und doch machte er weder einen Versuch anzugreifen noch zu fliehen. Stattdessen sagte er: «Du hast keine Ahnung, wie es ist, solche Dinge getan zu haben, wie ich sie getan habe, und sie dann zu bereuen. Ich habe mich seit diesem Tag von keinem lebendigen Menschen mehr ernährt.»

«Also hast du mit meiner Mom wieder angefangen?», schleuderte sie ihm entgegen.

«Ich habe sie nicht gebissen», sagte er sehr ernst.

Sie war ziemlich überrascht. «Warum hast du dann nichts gesagt?»

«Ich wollte es.» Einen Moment lang dachte Buffy, er hätte auf ihre Frage geantwortet. Aber tatsächlich gab er zu, dass er ihre Mutter hatte beißen wollen. Als wollte er es noch unterstreichen, sagte er: «Ich wirke zwar äußerlich wie ein Mann, aber ich bin keiner.» Er schwieg einen Moment. «Ich wollte dich heute Abend töten.»

Buffy wusste das. Sie hatte ihn auch töten wollen. Sie senkte den Blick, legte ihre Waffe ab und ging auf ihn zu. Die Jägerin hielt ihren Kopf leicht schräg und bot ihm ihren Hals an.

«Los, komm!», sagte sie. Von ganzem Herzen betete sie, dass er sie nicht angreifen würde. Aus tiefster Seele glaubte sie, dass er es nicht tun würde, und doch protestierte jede einzelne Zelle in ihrem Körper gegen die Art, wie sie sich ihm schutzlos aussetzte. Sie war die Jägerin, und er war schließlich ein Vampir.

Er schwieg und sah sie mit gequältem Gesichtsausdruck an. Als sie sich lange und intensiv in die Augen starrten, schien es, als erwache wieder das alte Gefühl.

Sie nickte leicht. «Nicht so einfach, wie es aussieht», sagte sie.

Er verzog die Mundwinkel.

«Sicher ist es das», merkte eine andere Stimme aus der Dunkelheit an.

Xander, Willow und Giles liefen durch die dunklen Straßen und suchten nach Buffy.

«Jetzt sind wir schon in der Nähe vom *Bronze*. Was jetzt?», fragte Willow.

«Wir suchen weiter nach ihr», antwortete Giles.

«Ich habe eine Frage», meinte Xander sorgenvoll und frustriert. «Was ist, wenn wir sie finden, und sie kämpft gerade mit Angel oder seinen Freunden? Was zum Kuckuck sollen *wir* dann machen?»

Keiner antwortete.

Denn keiner wusste eine Antwort.

Darla kam auf Angel und Buffy zugeschlendert, als wäre sie das unschuldigste Wesen auf der ganzen Welt. Die Arme hatte sie auf dem Rücken verschränkt. Gedehnt sagte sie: «Wisst ihr, was das Allertraurigste ist?»

Buffy zuckte mit den Schultern. «Eine schlechte Frisur mit diesem Aussehen?»

«Jemanden zu lieben, der dich einmal geliebt hat.» Sie sah Buffy an.

Buffy blickte überrascht zu Angel. «Ihr zwei hattet mal was miteinander?»

«*Mehrere* Generationen lang.» Darla genoss es sichtlich, Buffy dies zu offenbaren.

Buffy musste diese neue Information erst verdauen. Jetzt erinnerte sie sich wieder an Darla: Sie war diejenige gewesen, die Xanders Freund Jesse in Buffys erster Nacht in Sunnydale auf den Friedhof gelockt hatte. Sie war verantwortlich für seinen Tod. «Wenn du schon seit Kolumbus herumgeisterst, musst du schon ein paar Ex-Lover auf dem Gewissen haben. Du bist doch älter als er, nicht wahr?» Sie beugte sich vor und raunte Darla zu: «Nur unter uns Mädchen: Du siehst etwas müde um die Augen aus.»

Darla entblößte mit einem bösen Lächeln ihre Zähne. «Ich habe ihn erschaffen», sagte sie triumphierend, als wüsste sie, dass dies ein noch härterer Schlag für Buffy war. «Und es gab eine Zeit, in der wir alles geteilt haben.» Sie sah Angel durchdringend an. «Nicht war, Angelus?»

Angel sagte nichts. Darlas Lächeln erstarb. «Du hattest deine Chance, nach Hause zu kommen. Mit mir für Tausende Jahre am Hof des Meisters zu regieren. Aber all das hast du ihretwegen weggeworfen», sagte sie verächtlich. «Du liebst jemanden, der uns hasst.»

Buffy versuchte, ihre Überraschung zu verbergen. *Angel liebte sie?* Hatte er das etwa Darla gesagt? Wie sonst konnte sie es wissen?

Sie warf Angel einen Blick zu. Er sah sie besorgt an. *Weil er vor mir Angst hat? Oder hat er Angst, weil ich weiß, dass ich ihm etwas bedeute?*

«Du bist krank», sagte Darla zu Angel. «Du wirst immer krank bleiben, und du wirst dich immer daran erinnern, wie es war, sie sterben zu sehen.» Sie sprach mit dem gleichen Singsang-Tonfall wie der Meister.

Dann wandte sie sich an Buffy: «Du hast doch nicht angenommen, dass ich allein gekommen bin?»

«Ganz sicher nicht», entgegnete Buffy. Blitzartig trat sie mit der Fußspitze auf den Rahmen der Armbrust, worauf diese im Bogen in ihre Hände flog.

Darla kicherte. «Beängstigend», sagte sie ironisch. Hinter ihrem Rücken zog sie zwei schwere Revolver hervor – 357 Magnum, vermutete Buffy, mit Feuerwaffen hatte sie sich noch nicht besonders beschäftigt – und zielte direkt auf sie.

«Noch beängstigender», triumphierte Darla und feuerte beidhändig los.

Buffy tauchte unter den Billardtisch ab. Angel wurde von einer Kugel in die Schulter getroffen und taumelte gegen die Wand, in der der Bolzen aus der Armbrust steckte. Er schrie vor Schmerz laut auf und sank zu Boden.

«Angel!», schrie Buffy.

«Ach, mach dir um ihn keine Sorgen», sagte Darla leichthin. «Kugeln können Vampire nicht töten. Sie können sie nur teuflisch verletzen, aber ...»

Sie feuerte wieder auf Buffy.

In der Gasse zum Lagerhaus erstarrten Xander und die anderen vor Schreck.

«Habt ihr das gerade ...»

Schüsse. Alle drei hatten sie gehört.

Sie rannten, so schnell sie konnten, auf das *Bronze* zu.

Buffy kroch hinter den Billardtisch und hörte Darla schimpfen, während sie näher kam. «So viele Körperteile, so wenig Kugeln. Fangen wir mit den Kniescheiben an. Tanzen ohne sie macht wenig Spaß, nicht wahr?»

Kugeln hagelten in Buffys Richtung. Sie nahm all ihren Mut zusammen, tauchte kurz aus der Deckung auf und feuerte einen Schuss aus der Armbrust ab. Der Bolzen schlug in Darlas Brust, und Darla taumelte rückwärts. Einen Moment lang dachte Buffy, sie hätte schon gewonnen. Sie warf einen kurzen Blick in Angels Richtung. Er hielt sich an dem Bolzen in der Wand fest und versuchte, sich daran hochzuziehen.

Da richtete sich Darla wieder auf. «Dicht dran, aber nicht ins Herz getroffen», sagte sie.

Sie zog den Bolzen aus ihrer Brust und ließ ihn auf den Boden fallen.

Willow, Giles und Xander gelangten durch das zerbrochene Fenster im zweiten Stock ins *Bronze* und gingen auf die Galerie. Unten bot sich ihnen ein Bild der Verwüstung.

Xander flüsterte: «Wir müssen sie ablenken.» Gleichzeitig bemerkte er, dass Buffy keine Bolzen mehr hatte. «Und zwar schnell!»

Willow brüllte verzweifelt: «Buffy, es war nicht Angel, der deine Mutter angegriffen hat. Es war Darla!»

Darla wirbelte herum, und schon zischten ihnen Kugeln um die Ohren. Sie gingen in Deckung.

Unten im *Bronze* riss Angel, der vor Schmerzen keuchte, den Bolzen aus der Wand.

Darla sprang auf und landete mit beiden Füßen auf dem Billardtisch. Buffy erhob sich und stemmte den Tisch ruckartig auf einer Seite hoch, worauf die Vampirin die Balance verlor. Sie stürzte rückwärts, als Buffy nun mit aller Macht gegen das schwere Möbelstück stieß. Ihre Revolver feuerten, als der Tisch endlich umkippte. Sie versuchte, Buffy zu verfolgen, die auf die Kaffeetheke zurannte. Mit einem Satz sprang sie darüber und war in Sicherheit. Das Glas in der Vitrine über ihr zersplitterte.

Wie konnte er Darla noch ablenken.

Giles entdeckte gleich in der Nähe das Schaltpult für die Lichtanlage. Er kroch hinüber und fing an, wahllos auf irgendwelche Knöpfe zu drücken. Diverse Spots gingen an, dann pulsierte ein Stroboskop.

Einen Moment lang verlor Darla die Orientierung, und Giles jubelte schon innerlich. Aber sie nahm wieder Buffys Verfolgung auf. Ihre Bewegungen sahen im Licht der erbarmungslosen Blitze albtraumhaft und ruckartig aus. Darla feuerte auf Buffy, die sich hinter der Bar zusammenkauerte. Gläser explodierten um sie herum wie Landminen.

«Los, Buffy!», johlte Darla. «Nimm es wie ein Mann!»

Sie feuerte erneut und grinste entzückt, als hätte sie schon bald gewonnen. Und dann sah Giles in dem wilden Stroboskop-Gewirr Angel hinter ihr auftauchen. Er hatte die Armbrust in der Hand. Ohne jede Warnung legte er an und jagte den Bolzen in Darlas Rücken.

Giles stellte das Stroboskop ab. Jetzt gab es nur noch das Mondlicht. Und Stille.

Darla taumelte. Die Revolver fielen klappernd auf den Boden. Sie drehte sich um.

«Angel?», murmelte sie ungläubig.

Sie hielt sich einen Moment an ihm fest, einen kurzen Moment lang.

Seine Erschafferin. Seine Geliebte. Sie hatte ihn erschaffen, wie sie zuvor von jemandem in einen Dämonen verwandelt worden war. Und niemand hatte ihr ihre Seele zurückgegeben. Wie hatten sie in den alten Zeiten miteinander gewütet! Sie selbst hatte ihm das Zigeunermädchen gegeben. Damals hatte sie nicht geahnt, dass sie damit ihr Ende herbeiführte und dass es zu dieser Nacht kommen würde, in der er sie nun für immer zerstört hatte. Sie brach vor Angels Augen zusammen und zerfiel dann mit einem Schrei zu Staub.

Buffy, die schöne und mutige Frau, die ihn liebte, erhob sich hinter der Theke und sah ihn mit großen Augen an. Er wusste nicht, was er ihr sagen sollte. Er war sich nicht sicher, ob er überhaupt sprechen konnte. Mit dem Tod Darlas war Angel zu weit gegangen. Er hatte zu viele Grenzen überschritten, und er würde niemals zurückkehren können.

Langsam drehte er sich um und schritt davon.

Der Meister heulte vor Wut und Verzweiflung. Er wirbelte seinen Kampfspieß in blinder Raserei herum, zertrümmerte, was immer in seiner Nähe lag, und fegte einen riesigen Leuchter auf den Boden seines Gefängnisses. Er war schier verrückt vor Raserei, bis er endlich, erschöpft und erfüllt von Gram, zu Boden sank.

«Darla!», wimmerte er.

Collin, der Gesalbte, trat auf ihn zu. Er war ganz ruhig. «Vergiss sie», sagte er.

Ein letztes Aufzucken der Wut durchfuhr den Meister, als er seine geheime Waffe ansah und sagte: «Wie kannst du es wagen! Sie war mein Liebling. Vierhundert Jahre lang ...»

«Sie war schwach», stellte sein junger Krieger nüchtern fest. «Wir brauchen sie nicht. *Ich* bringe dir die Jägerin.»

Der Meister war erschöpft und niedergeschlagen. «Aber sie ausgerechnet an Angel zu verlieren. Er hätte eines Tages zu meiner Rechten sitzen können. Und nun ...» Er brach verzweifelt ab.

«Sie sind alle gegen dich», sagte Collin. «Aber schon bald wirst du aufsteigen, und wenn es so weit ist ...» Er rieb dem Meister sanft über die Schultern und bot ihm seine Hand an. «Dann werden wir sie alle töten.»

Der Meister war getröstet. Er brachte ein tapferes Lächeln zustande, nahm die ausgestreckte Hand des Gesalbten und drückte sie.

Epilog

Buffy hatte ein komisches Gefühl dabei, nach diesem Erlebnis wieder ins *Bronze* zu gehen. Es hatte wieder geöffnet und war voll gepackt mit Leuten, Musik und Lachen. Ganz anders als bei ihrem letzten Besuch.

An jenem Tag hatte sie auch Angel zum letzten Mal gesehen.

Sie trug das Kreuz, das er ihr bei ihrer ersten nächtlichen Begegnung geschenkt hatte. Es hatte jetzt eine große Bedeutung für sie: als Beweis, dass er nicht war wie all die anderen Vampire in ihrer seltsamen, beängstigenden Welt.

Xander sagte mit gespieltem Enthusiasmus: «O ja, die Party nach der Ausräucherung!»

Buffy fragte: «Was ist der Unterschied zwischen dieser und der Party vor der Ausräucherung?»

«Viel fettere Kakerlaken!»

Buffy konnte nicht anders, sie musste nach Angel Ausschau halten. Willow war das offensichtlich nicht entgangen, denn sie fragte mitfühlend: «Keine Nachricht von Angel?»

Buffy bemühte sich um einen heiteren Tonfall. «Nö. Aber es ist schon seltsam. Irgendwie habe ich das Gefühl, als ob er mich immer noch beobachtet.»

Willow sagte lächelnd: «Tja, auf eine gewisse Art tut er das auch. Er steht nämlich dahinten!»

Buffy und Xander drehten sich exakt gleichzeitig um.

Buffy sammelte sich und ging auf den Vampir zu, den sie liebte.

Willow bemerkte den perplexen Gesichtsausdruck auf Xanders Gesicht. Als sie zu einem der Tische hinübergingen, wählte er den Stuhl, von dem aus er Buffy und Angel nicht sehen konnte.

Er sagte: «Ich muss da nicht hinsehen, weil es mich nämlich gar nicht interessiert. Ich werde einfach in die andere Richtung sehen.»

Angel stand allein da, wie immer. Obwohl sie als die Jägerin auch eine Ausnahme war, wusste Buffy, dass sie so viel mehr hatte als er: ihre Freunde, ihren Wächter, ihre Mutter … und ab und zu die Gelegenheit, etwas Staub aufzuwirbeln. Angel hatte nichts von alledem. Und sie vermutete, dass er jetzt, da er Darla getötet hatte – den Vampir, der ihn erschaffen hatte –, so unbarmherzig gejagt würde wie sie selbst.

Darüber und über die Frage, wie sehr sie ihn liebte, dachte Buffy nach, während sie auf ihn zuging.

Einen Moment lang sagte keiner von ihnen etwas. Angel ergriff zuerst das Wort: «Ich wollte nur sehen, ob du okay bist. Und deine Mutter.»

«Uns geht es beiden gut. Und dir?»

Er lachte kurz auf. «Wenn ich nur eine Weile herumlaufen kann, ohne erschossen oder erstochen zu werden, dann ist es schon in Ordnung.» Er zögerte, als sagte er nicht die Wahrheit. «Sieh mal», sagte er. «Das kann einfach …»

«… nichts werden», brachte sie den Satz für ihn zu Ende. «Ich weiß.» Und sie wusste es wirklich. Sie versuchte, ihren Schmerz mit einem Witz zu überspielen. «Weil du ja an die zweihundertundvierundzwanzig Jahre älter bist als ich.»

Sein Lächeln war dünn, aber immerhin wusste er ihren Versuch zu schätzen, es leichter für sie beide zu machen. «Ich muss mich einfach … davon losmachen.»

Buffy flüsterte fast, als sie entgegnete: «Ich weiß. Ich auch.»

Sie standen sich gegenüber und sahen sich in die Augen. Zögernd fügte er hinzu: «Einer von uns muss gehen.»

«Ich weiß.»

Immer noch bewegte sich keiner der beiden. Dann beugte Angel sich vor, um sie zu küssen. Sie erwiderte seinen Kuss und flößte seinen kalten, weichen Lippen Wärme ein. Seine Zärtlichkeit überwältigte sie. Sie legte die Arme um seinen Hals und gestattete sich einfach diesen Augenblick des Glücks, auch wenn sie ihn nie wiedersehen sollte.

«Und, was geht da hinten vor?», fragte Xander. Er platzte offensichtlich fast vor Neugier … und, wie Willow sich eingestehen musste, vor Eifersucht. Sie wettete aber mit sich selbst um eine Extrastunde Internetsurfen am Abend, dass er nicht weich werden und sich umdrehen würde.

«Nichts», versicherte sie von ihrem Späherposten aus.

»Na ja, solange sie sich nicht küssen.» Er lachte unbehaglich.

Willow sagte kein Wort und lächelte nur, als ihre beste Freundin, die Vampirjägerin, in Angels Armen versank.

Der Kuss war zu Ende. Buffy sah zu Angel auf und fragte sanft: «Bist du okay?»

Er schien nach den richtigen Worten zu suchen. «Es ist nur …»

Ihre Augen wurden feucht. «Schmerzhaft. Ich weiß.» Dann nahm sie ihren Mut zusammen, um zu sagen, was gesagt werden musste: «Bis bald irgendwann.»

Sie drehte sich um und ging weg.

Mit schmerzerfülltem Gesicht sah Angel, der als Angelus in die Nacht geboren wurde, der Jägerin hinterher. Aber sie hatte ihr Zeichen auf ihm hinterlassen: Das Kreuz, das sie um den Hals trug und das er ihr gegeben hatte, hatte sich tief in seine Brust gebrannt.

So wie sich seine Liebe zu ihr tief in seine Seele gebrannt hatte.

ZWEITE CHRONIK:

Der Schlangendämon

Prolog

Die Jägerin hatte keine ruhige Nacht. Ein hohes Wehklagen erhob sich unaufhörlich um sie herum und erinnerte sie an irgendeinen Dämon, Vampir oder ein anderes Monster, das im *Höllenschlund* um sein Leben bettelte.

Als hätte er ihre Gedanken gelesen, fragte Xander besorgt: «Wird sie sterben?»

Er und Buffy lagen auf ihrem Bett. Willow saß auf dem Boden und hielt eine Puppe an sich gedrückt, während ihre Freundin ihr die Haare flocht. Alle drei starrten fasziniert in den Fernseher.

Dank der ruhmreichen Erfindung des Kabelfernsehens konnten sie heute eine Inderin sehen, die in einer sehr bedeutsamen, aber nur ihr selbst verständlichen Weise in ihr Telefon trällerte. Die drei betrachteten die Szene verständnislos. Buffy sagte ehrfürchtig: «Ich glaube, sie singt.»

Xander ging darauf ein. «In ein Telefon, auf Hindi … Das ist wirklich Unterhaltung!» Er starrte wieder in die Glotze. «Warum singt sie?»

Willow löste das Rätsel: «Sie ist traurig, weil ihr Geliebter ihr zwölf Goldmünzen gab, aber dann hat der Hexer den Salzsack aufgeschnitten, und nun haben die Heerscharen von Tänzern keinen Platz, wo sie ihr großes …» Sie gestikulierte, als suchte sie nach dem richtigen Wort, «Fischding hintun können.»

«O je», kommentierte Xander und sah immer noch zu. «Aber warum muss sie *singen*?»

Buffy verstand genauso wenig. «Ihr Geliebter? Ich dachte, das sei ihr Chiropraktiker.»

Willow wandte ihren Blick keine Sekunde vom Bildschirm ab. «Wegen dieser Sache, die er mit ihrem Fuß gemacht hat? Nein, das war ein intimer Kontakt.»

Ein Ende des durchdringenden Singsangs war offenbar noch lange nicht abzusehen. Xander sagte: «Und wir dachten, nur weil wir kein Geld haben und zu Hause bleiben, wird es ein langweiliger Abend.»

Willows Miene hellte sich auf. «Ich habe eine Idee! Wir könnten ins *Bronze* gehen, unsere eigenen Teebeutel mitnehmen und um heißes Wasser bitten.»

Xander lächelte schwach. «Hör auf mit deinen merkwürdigen Tricks, Will, sonst landen wir irgendwann noch alle im Gefängnis.»

Buffy meldete sich zu Wort: «Ich für meinen Teil bin eigentlich ganz zufrieden hier. Über ganz Sunnydale liegt so eine Art Stille, es gibt keine Dämonen oder Vampire zu jagen, und ich bin hier mit meinen Freunden.» Sie beugte sich zum Fernseher vor. «Was hatte der Wasserbüffel nochmal mit der Geschichte zu tun?»

Auf der anderen Seite der Stadt, in einer riesigen zweistöckigen kalifornischen Stuckvilla, gab es keinen Gesang. Die Stille der Nacht wurde zerrissen, als ein hübsches Mädchen durch die Tür im zweiten Stock flog, sich über den Balkon schwang, auf eine große gepflegte Rasenfläche stürzte und um ihr Leben lief.

Eine maskierte Figur schoss aus der zerstörten Tür auf den Balkon hinaus, schaute nach unten und rannte wieder ins Haus. Innerhalb von Sekunden kamen mehrere dunkle Figuren mit Kapuzenumhängen wie böse Geister aus den anderen Fenstern und Türen und machten Jagd auf sie.

Das Mädchen keuchte vor Angst und Erschöpfung und verschwand im Wald. Es lief sehr schnell, aber die Verfolger waren schneller. Sie tauchten unter Ästen hindurch und flogen über Wurzeln und kamen immer näher. Unter einem großen Baum stürzte sie und überschlug sich, kam wieder auf die Beine und stemmte sich mit aller Kraft eine Steinmauer hoch.

Als sie auf der anderen Seite hinuntersprang, kletterten schon drei verhüllte Gestalten direkt hinter ihr über die Mauer.

Sie floh jetzt über den Friedhof. Das Mondlicht erhellte den albtraumhaften Ort und ließ die Namen auf den Grabsteinen aufblitzen. *Nach Hause,* betete sie, als sie an einer seltsamen, pyramidenförmigen Gruft vorbeikam. *Ich will weiterleben.*

Plötzlich trat eine verhüllte Gestalt hinter einem Monument hervor und hielt sie fest. Sie schrie auf und wehrte sich nach Leibeskräften.

«Callie», wurde sie von der Gestalt gerügt. «Callie, wo willst du denn hin?»

Es war Richard, der gut aussehende blonde Junge, der sie in das Haus der studentischen Verbindung gelockt und ihr eine tolle Party versprochen hatte. «Der Spaß fängt doch gerade erst an», fügte er hinzu.

Als die anderen Gestalten zu ihnen aufgeschlossen hatten, warf er sie ihnen in die Arme. Sie schleppten sie fort. Tränen rannen über ihre Wangen, als sie sich wehrte und um ihr Leben kämpfte.

Richard ließ seinen Blick über das Gelände schweifen,

um sicherzugehen, dass niemand sie gesehen hatte. Dann setzte er seine Kapuze wieder auf und folgte langsam den anderen, als sie ihre Beute in ihr Gefängnis führten.

Eins

Die Nacht der Hindi-Telefonate war vorbei.

Der Tag an der Sunnydale High School hatte gerade erst angefangen.

«Ha ha, ha ha, oh, hm. Siehst du?» Cordelia demonstrierte einer ihrer Jüngerinnen irgendetwas. Sie hielt eine Zeitschrift in der Hand, die sie an einer bestimmten Stelle aufgeschlagen hatte, und erklärte der treuen Anhängerin: «Doktor Debbi sagt, wenn ein Mann spricht, soll man als Frau einen ernsthaften Augenkontakt herstellen und richtig zuhören. Und man soll begeistert über alles lachen, was er sagt.» Wieder demonstrierte sie: «Ha ha, ha ha, ha ha.»

Neugierig fragte Willow Buffy, als die beiden die Treppe hinunterrannten: «Hast du wieder von Angel geträumt?»

«Schon die dritte Nacht in Folge», sagte Buffy. Einerseits war es ihr peinlich, andererseits wollte sie gerne darüber reden.

«Was hat er in dem Traum gemacht?», bohrte Willow.

Buffy grinste verträumt – ihr Gesichtsausdruck wirkte nahezu dämlich. «Alles Mögliche.»

«Oh, alles Mögliche», sagte Willow aufgeregt. «War es einer von diesen lebhaften Träumen, in denen du seine Lippen spüren und sein Haar riechen konntest?»

Buffy nickte. «Es war mit Dolby-Surround-Sound.» Sie seufzte. «Ich denke in letzter Zeit so oft an ihn.»

Als sie von ihren Sommerferien bei ihrem Vater in L. A.

zurückgekehrt war, hatte sie Angel gesagt, dass sie sich «dem Leben» zugewandt habe. Das war natürlich glatt gelogen. Sie hatte Angst vor ihrer Zukunft. Wenn sie sich schon nicht selbst schützen konnte, wie konnte sie jemals ihre Freunde schützen? Sie war grausam zu ihm gewesen, hatte ihn – und Willow, Xander, sogar Giles – weggestoßen. Ihr war es endlich gelungen, den Meister zu töten, sie war aber selbst zuvor in seinen Händen gestorben. «Technisch», wie Giles es nennen würde. Der Meister hatte sie gebissen und tatsächlich fast besiegt. Aber sie *war* gestorben.

Xander hatte sie wieder belebt, und sie hatte weiter gegen den Meister gekämpft und ihn letztendlich überwunden. Aber das war beileibe kein Erlebnis gewesen, über das man leicht hinwegkommt.

Sie hatte so große Angst davor gehabt, zurück nach Sunnydale zu kommen – zurück zu dem Leben voller Gefahren für ihre Freunde. Sie hatte sogar Angel aufgefordert, es mit ihr aufzunehmen, Vampir gegen Jägerin. Er wollte davon nichts wissen. Als sie schließlich zusammenbrach, wandte sie sich an Angel. Er hatte seine Arme um sie gelegt, und sie hatte endlich all ihre Wut und Angst ausweinen können.

Kürzlich hatte er sogar zugegeben, auf Xander eifersüchtig zu sein, denn der konnte bei Tage an ihrer Seite sein.

Warum hatten sie also keine Beziehung? Er tauchte immer wieder auf, dann hatten sie eine Art Kampf oder intensive Begegnung, und dann war er wieder verschwunden.

«Ihr zwei passt so gut zusammen», sprudelte es aus Willow heraus, «außer, äh …»

«… dass er ein Vampir ist», vollendete Buffy. Jemand musste es ja sagen.

«Aber das macht ihn nicht zu einem schlechten Charakter», sagte Willow loyal. Offensichtlich wollte sie diese große Romanze noch lange nicht verloren geben. «Nicht notwendigerweise.» Sie war offensichtlich bereit, ein wenig darüber zu diskutieren, ob die Beziehung wirklich eine so gute Idee war.

«Ich werde noch verrückt!», schrie Buffy. «Ich kann nicht mit ihm zusammen sein.»

«Nicht tagsüber, aber du könntest ihn mal nachts zum Kaffee einladen.» Buffy sah sie verständnislos an. Willow versuchte, es ihr zu erklären. «Kaffee ist das beliebteste Getränk, wenn man keine Beziehung hat. Das ist keine Verabredung, es ist ein unverfängliches koffeinhaltiges Getränk. Okay, sicher, es ist zwar heiß und bitter, irgendwie wie eine Beziehung, aber ...»

Xander tauchte plötzlich an ihrer Seite auf.

«Was ist wie eine Beziehung?», fragte er fröhlich.

«Nichts, was ich habe.» Buffy sah Willow erneut an, diesmal nachdenklicher. «Kaffee?»

Als sie sich der Ecke näherten, wo Cordelia und ihre Jüngerinnen regierten, gingen Buffy und Willow noch etwas schneller. Xander aber verlangsamte sein Tempo, in der Hoffnung auf ein kleines Wortgefecht. Er wurde nicht enttäuscht, denn Cordelia sagte zu dem Mädchen, das wie gebannt an ihren Lippen klebte: «Es ist gar kein Vergleich zwischen einem Mann vom College und einem Jungen von der High School.» Sie warf Xander einen verächtlichen, allumfassenden Blick zu. «Ich meine, sieh dir *das* doch mal an!»

Also gut. Der Fehdehandschuh war geworfen. Xander sagte freundlich: «So, so, Cor, du verabredest dich also jetzt mit Typen vom College?»

Sie plusterte sich auf wie ein Pfau, fuhr mit den Fingern

über ihre gestylten Locken und prahlte: «Nicht, dass es dich etwas angeht, aber ich gehe zufälligerweise mit einem Delta Zeta Kappa.»

«Oh, mit einem Außerirdischen!», witzelte er. «Mit denen verabredest du dich also, wenn keine Menschenjungen mehr übrig sind.»

Am Springbrunnen blieben Buffy und Willow stehen und lauschten amüsiert dem Schlagabtausch.

«Eines Tages gehst auch du zum College, Xander», sagte Cordelia ernst. Dann landete sie ihren Treffer: «Ich bin sicher, dass dich deine Karriere als Pizza-Auslieferer an viele aufregende Orte führen wird.»

Xander verschlug es die Sprache. Ihm fiel nichts Brauchbares für einen Konter ein. Geschlagen schloss er sich seinen netteren Freundinnen am Springbrunnen an. Er wollte gerade etwas Witziges sagen, um ihnen zu zeigen, dass Cordelia ihn nicht ernstlich getroffen hatte, da ertönte das Klingelzeichen.

Buffy zog eine Grimasse. «Oh, ich wollte Giles schon vor zehn Minuten in der Bibliothek treffen.» Sie zuckte mit den Schultern. «Ach, er wird sich schon nicht sonderlich aufregen. In letzter Zeit gab es nicht sehr viele paranormale Aktivitäten.»

Sie hatte Unrecht. Wie ein alter englischer Richter aus einem Film, in dem Leute am Spieß verbrannt werden, umkreiste Giles sie und kam ihr mit den üblichen Vorwürfen.

«Nur weil das Paranormale immer normaler wird, ist das noch lange kein Grund für eine Verspätung oder dass du deinen Wächter enttäuschst.»

Es klang vielleicht ein kleines bisschen defensiv, als sie sagte: «Ich habe meinen Wächter nicht enttäuscht.»

«Ach, tatsächlich?», fragte er gedehnt. Er umkreiste sie jetzt in die andere Richtung. «Du hast dich letzte Woche durch unser Waffentraining gegähnt. Das Nahkampftraining hast du gleich ganz ausfallen lassen.» Jetzt stand er hinter ihr. «Wirst du vorbereitet sein, wenn ein Dämon dich von hinten anspringt und *das* tut?»

Ohne Vorwarnung stürzte er sich auf sie. Sie griff nach seinem Handgelenk, drehte sich und riss ihm die Hand hinter seinem Rücken hoch. Noch etwas höher, und sie konnte ihm mit Leichtigkeit den Arm brechen.

Giles grunzte vor Schmerz. «Ja, also bitte, ich bin kein Dämon.» Er grunzte erneut. «Und deshalb solltest du mich jetzt auch loslassen.»

Buffy gehorchte sofort. «Danke», murmelte Giles. Er richtete sich auf und massierte sein Handgelenk. Er sah nicht mehr verärgert aus, eher besorgt.

Als Buffy sich auf einen Tisch setzte, verriet er ihr endlich, was er auf dem Herzen hatte.

«Wenn man mitten in einem mystischen Brennpunkt lebt, ist es nur eine Frage der Zeit, bis eine neue Hölle losbricht», sagte er eindringlich. «Jetzt ist Zeit für intensives Training. Du solltest energischer jagen und patrouillieren. Du solltest Tag und Nacht an deinen Fähigkeiten arbeiten.»

Buffy war das alles so leid. Sie fiel ihm ins Wort: «Und in dem kleinen Rest Leben, der noch mir gehört – von, ich weiß nicht, sieben bis fünf nach sieben am Morgen –, kann ich dann machen, was ich will?»

Giles sah frustriert aus. Er klang fast ein wenig mitleidig, als er sagte: «Buffy, glaubst du, ich weiß nicht, was es bedeutet, sechzehn zu sein?»

«Nein», entgegnete sie. «Ich glaube, Sie wissen nicht, was

es bedeutet, sechzehn zu sein und ein Mädchen und die Jägerin.»

«Wohl wahr», musste er zugeben. Er nahm seine Brille ab und rieb sich die Augen. «Nein, das weiß ich nicht.»

Sie wurde lauter: «Oder was es bedeutet, Vampire zu erstechen, wenn man für einen von ihnen besondere Gefühle hat?»

«Ahhh», ließ er betreten vernehmen.

«Den Untoten nachzujagen ist nicht gerade förderlich für mein gesellschaftliches Leben.»

Er schlug zu wie der bengalische Tiger, der hinter dem Wasserbüffel der Inderin am Telefon her war: «Und genau da ist es sehr praktisch, anders zu sein als die anderen.»

«Richtig», sagte sie und wünschte sich, er würde sie wieder umkreisen, sodass sie ihm den Arm nochmal verrenken konnte. «Wer braucht schon Freunde, wo es doch den *Höllenschlund* gibt?»

«Ja genau!» Er hatte offensichtlich ihren sarkastischen Unterton ignoriert. «Du hast eine Pflicht, eine Aufgabe! Du hast eine Bestimmung in deinem Leben. Wie viele Leute in deinem Alter können das schon von sich sagen?»

Wie viele wollen das?, wollte sie ihm am liebsten entgegenschleudern, aber damit würde sie lediglich erneut ellenlange Vorträge provozieren. Stattdessen hob sie ihr Kinn und sagte forsch: «Meinen Sie im In- oder Ausland? Ich nehme mal an, keiner.»

Giles seufzte. Manchmal wusste er nicht, warum er es überhaupt versuchte. «Ja, so ist nun mal das Leben. Wir alle müssen Dinge tun, die uns nicht gefallen», brauste er auf. Von seinem höchstpersönlichen Stress war ja nie die Rede. «Und du hast heute Nachmittag Nahkampftraining und heute Nacht Patrouille. Also schlage ich vor, du kommst gleich nach der sechsten Stunde hierher und machst deine Hausaufgaben. Und trödle nicht mit deinen Freunden herum.»

Buffy schob die Unterlippe vor. Ihr Kinn zitterte wie das eines traurigen kleinen Mädchens. Aber er ließ sich nicht erweichen. Schließlich sagte er das alles nur zu ihrem Besten. «Und glaube nicht, dass du mich mit Schmollen rumkriegst. Das wird nicht klappen.»

Ihr Kinn zitterte. Die Augenbrauen hoben sich. Sie hatte Recht. Sie war erst sechzehn.

«Es wird nicht klappen.» Giles blieb hart.

Endlich frei.

Willow und Xander strömten mit dem Rest der Herde aus der Schule. Xander sagte: «Mann, war das ein langer Tag.»

«Dabei hast du doch drei Stunden geschwänzt», entgegnete Willow schelmisch.

«Ja, und die sind auch schnell rumgegangen!» Er sah auf und rief: «Buffy!»

Vor ihnen saß Buffy auf dem Treppengeländer und ließ die Beine baumeln. Sie trug ihre Sonnenbrille und sah sehr cool aus. Sie lächelte, als die beiden näher kamen.

Willow sagte. «Solltest du jetzt nicht in der Bibliothek Hausaufgaben machen?»

Buffy grinste sie an. «Ich trödele. Mit meinen Freunden.» Verspielt nahm sie Xanders Arm und schmiegte sich an ihn.

«Von mir aus gern», seufzte Xander zufrieden.

Cordelia rempelte Willow genau in diesem Moment an. Sie war so sehr darum bemüht, einen großen Auftritt zu haben, dass sie es nicht einmal bemerkte. Wie verklärt trippelte sie die Treppe hinunter, als die Freunde empört über ihre schlechten Manieren tuschelten.

Ein ziemlich geiler schwarzer BMW, komplett ausgerüstet mit Schiebedach und all den anderen guten Sachen, die ein Auto so braucht, hielt vor der Schule. Von ihrem Aussichtspunkt aus konnte Buffy Cordelias Spiegelbild auf der glatten schwarzen Oberfläche sehen, als die selbst ernannte Männerjägerin ihre Sonnenbrille wie ein aufstrebendes Model absetzte und die getönte Scheibe breit anlächelte.

O Gott. Er war mit seinem BMW gekommen, um sie zu sehen. Die getönte Scheibe glitt abwärts, und da war er, der gut aussehende, wohlhabende Richard Anderson, und er sagte das magische Wort: ihren Namen.

«Cordelia.»

Sie lächelte ihn strahlend an und blinzelte kein einziges Mal, genau wie Doktor Debbi empfohlen hatte. «Hallo, Richard. Schönes Auto!»

Ein Typ saß neben ihm, nicht so süß, nicht so schick. Cordelia widmete ihm keine Aufmerksamkeit, denn Richard sagte: «Also, wir haben da morgen im Haus so eine kleine Zusammenkunft.»

Das Haus. Ihr Verbindungshaus. Sie hing an seinen Lippen, seinen Augen, seinen Grübchen. Er sah seinen Freund an, dann in die Richtung, in die sein Freund sah. Aber das war in Ordnung. Solange sie nur nirgendwo anders hinsah als in sein Gesicht, verhielt sie sich genau nach Vorschrift.

Richard ergänzte: «Und es wird ein wirklich besonderer Abend.»

Jetzt!, sagte sich Cordelia und ließ glockenhelles Gelächter ertönen: «Ha ha, ha ha.»

Richard blinzelte und sagte: «Wie meinst du?»

Hin. Sie hatte falsch gelacht. Sie erholte sich rasch und versuchte erneut, ihren Blick nicht von seinem Gesicht zu nehmen, und sagte: «Oh, freue mich darauf. Sehr!»

Richard sah wieder an ihr vorbei. «Wer ist deine Freundin da?»

Cordelia drehte sich um. Buffy lachte über irgendetwas Idiotisches, das dieser hirnlose Xander gesagt hatte. Sie musste zweimal hingucken. *Was?* Meinte er wirklich Buffy, die auserwählte Verrückte?

«Sie? Oh, sie ist nicht meine Freundin», entgegnete Cordelia.

Richards Freund ergriff zum ersten Mal das Wort. «Sie ist phantastisch.»

«Sie ist eher wie eine Schwester», heuchelte Cordelia, ohne zu zögern. «Wir sind uns sehr nah.»

Richard lächelte Cordelia vorschriftsmäßig an und sagte: «Warum stellst du sie uns nicht vor?»

Cordelia kochte innerlich, äußerlich aber strahlte sie und lächelte nach Leibeskräften. «Okay», sagte sie mit zusammengebissenen Zähnen.

Xander sagte: «Also gut. Heute Abend auf Kanal neunundfünfzig. Indisches Fernsehen – Sex, Lügen, nicht nachvollziehbare Geschichten. Ich bringe Betelnüsse mit.»

Buffy war begeistert. Ein weiterer ruhiger Abend mit ihren besten Freunden und ein merkwürdiger Film, der nichts mit Töten zu tun hatte. Das war ihre bescheidene Vorstellung vom Glück.

In diesem Moment tauchte Cordelia auf, packte Buffy am Arm und begann, an ihr herumzuzerren. «Los, komm mit», zischte sie. «Richard und sein Verbindungsbruder wollen dich kennen lernen.»

Buffy bewegte sich nicht vom Platz. «Aber ich will eigentlich gar keine Verbindungsbrüder kennen lernen.»

Cordelia sah sie giftig an. «Und wenn es einen Gott gäbe, würde er sie auch von dir verschonen.»

Sie zog wieder an Buffys Arm.

«Hey», rief Xander, «ich dachte, wir wollten hier rumtrödeln!»

Und da war er, Cordelias Liebessklave in seinem teuren Auto! Er ließ einen kompletten Satz Jacketkronen aufblitzen und sagte zu Buffy: «Hallo, Süße. Ich bin Richard. Und du bist?»

«Nicht sonderlich interessiert», entgegnete sie aufgebracht. Sie drehte sich um. Sie hatte nur noch ein paar Minuten Frieden, und die wollte sie definitiv nicht an diese Ken-Puppe verschwenden. Cordelia packte sie am Handgelenk. «Sie ist eine richtige Komikerin!», flötete sie und schlug ihre aufgeklebten Fingernägel in Buffys Oberarm.

«So, so, sie spielt die Unnahbare?», fragte Richard.

«Nein, Richard!» Das war der andere Typ aus dem BMW. «Ich glaube, dir kann man auch leicht widerstehen.» Buffy wollte die Gelegenheit nutzen, um zu verschwinden.

Der andere Typ trat ihr schüchtern in den Weg. «Du kannst ihn ruhig ignorieren. Das tue ich die ganze Zeit.»

Buffy zögerte. Dieser Typ schien etwas normaler zu sein.

«Ich bin Tom Warner», sagte er. «Ich bin im *Crestwood College* in der Abschlussklasse, und ich fühle mich wie ein völliger Trottel, dass ich dich auf diese Art kennen lernen muss.» Er verschränkte die Arme. «Und so stehe ich hier in meiner ganzen Trotteligkeit.»

Xander, der mächtig die Ohren spitzte, sagte zu Willow, die ebenfalls lauschte: «Also bitte. Darauf wird sie ja wohl nicht hereinfallen.»

«Okay, ich werde ihn nicht gleich abstechen», dachte Buffy. Das war ein Junge, der sich ganz nett anhörte. Eine reale Person. Jemand, der ernsthaft an ihr interessiert zu sein schien.

«Ich bin Buffy Summers», sagte sie.

«Schön, dich kennen zu lernen. Bist du auch in der Oberstufe?»

Darauf fiel sie nicht herein ... Aber es war nett von ihm, dass er versuchte, ihr ein Kompliment zu machen. «Unterstufe.»

«Sind wir das nicht irgendwie alle?», sagte er und grinste. «Also haben wir schon eine Gemeinsamkeit.» Er fügte hinzu: «Und als Hauptfach habe ich Geschichte.»

«Hm, Geschichte macht mir ziemlich zu schaffen», gab Buffy zu. «Mir fällt es schon schwer, mich daran zu erinnern, was letzte Woche passiert ist.»

«Nichts ist letzte Woche passiert. Mach dir keine Sorgen. Ich war dabei», versicherte er ihr.

Buffy lächelte und machte sich im Geiste eine Liste von Toms positiven Eigenschaften: witzig, nett, ihr zugetan. Gar nicht so schlecht für einen Verbindungstypen.

Xander sagte zu Willow: «Sie *wird* gleich weggehen. Jetzt!»

Tom musste gespürt haben, dass Buffy an den Rändern bereits auftaute, denn er sagte: «Mein Freund hat deine Freundin zu einer Party morgen Abend bei uns eingeladen.»

Als wäre das eine besonders lustige Aussage gewesen, ließ Cordelia ihr gekünsteltes Lachen vernehmen: «Ha ha, ha ha, ha ha!»

Er senkte seine Stimme. «Weißt du, eigentlich ist er gar nicht mein Freund. Ich habe mich nur der Verbindung angeschlossen, weil mein Vater und mein Großvater schon dabei waren. Es bedeutet ihnen viel.»

Xander sendete immer noch seine mächtigen telepathischen Wellen an Buffy: «Okay, los jetzt! Schuhe: Gehen!»

«Ich weiß, ich rede zu viel. Jedenfalls ...», fuhr Tom fort, «sind das ziemlich langweilige Partys mit total langweiligen Leuten. Würdest du also vorbekommen und mich vor einem wirklich langweiligen Schicksal bewahren?»

«Einen Versuch wäre es wert», dachte sie, aber sie sagte wahrheitsgemäß: «Ach, ich wünschte, ich könnte, aber ich bin sozusagen vergeben.»

«Oh.» Er war enttäuscht. «Sicher. Natürlich bist du das. Also dann, danke, dass du mich hast baggern lassen!»

Er tat Buffy Leid. Warmherzig sagte sie: «Weißt du, die Leute unterschätzen meist den Wert eines guten Anbagger-Versuchs.»

Er lächelte dankbar für ihre Bemühung, die Zurückweisung weniger schmerzhaft zu machen.

«Buffy!», rief Giles, sichtlich verstimmt.

Sie drehte sich um. Er stand an der Eingangstür der Schule und tippte auf seine Uhr.

«Oh, ich muss gehen», sagte sie zu Tom. «Es war schön, dich kennen zu lernen.» Das meinte sie ehrlich.

Sein Lächeln war aufrichtig, freundlich und nicht schmierig.

«Für mich auch.»

Buffy nickte Willow zu, als sie davoneilte. Willow seufzte innerlich. Der Verbindungstyp sah Buffy immer noch hinterher. Er war offensichtlich fasziniert. Willow fand das zwar schön, aber auch ein bisschen beängstigend, immerhin waren diese Typen schon älter.

Neben ihr schüttelte Xander den Kopf. Er war ganz klar angewidert vor Eifersucht. «Ich hasse diese Typen. Was immer sie haben wollen, fällt ihnen in die Hände. Hasst du diese Typen auch so?»

Willow nickte abwesend. «Ja, sie haben alle einen Schutzengel, sehen so gut aus wie Filmstars und besitzen mehr Geld, als du zählen kannst ...» Dann dämmerte ihr, dass sie Xander vermutlich gerade derbe Schläge in den Machoplexus verpasst hatte, also versicherte sie ihm: «Ich hasse sie.»

Was war nur los mit diesem Mädchen? All seine Bemühungen, sie auf ihre Pflichten als Jägerin vorzubereiten, schienen vergebens. Wie nannten das die Amerikaner so treffend charmant? Sie ließ ihn regelmäßig vor die Wand laufen.

Giles konnte seine Verärgerung nicht verbergen, als er sich vor ihr aufbaute. Er trug Armschoner, sie ein dünnes T-Shirt und eine Jogginghose. Er sagte: «Ich werde dich angreifen. Aber Achtung, dir zuliebe werde ich nicht so hart rangehen.»

Herausfordernd entgegnete sie: «Ja, bitte nicht.»

Er griff sie mit einem kurzen Schwert an. Mit einem gezielten Tritt wirbelte sie es ihm aus der Hand. Sofort konterte er mit einem Holzstab, den sie, ohne mit der Wimper zu zucken, mit dem Fuß zerbrach.

Er machte einen Ausfallschritt, sie wich zur Seite. Er glitt an ihr vorbei auf den Tisch.

Verflixt! Er bestärkte sie ja nur in ihrem Glauben, dass sie kein Training brauchte! «Gut», sagte er. «Dann gehst du auf Patrouille, und ich sehe dich morgen früh.»

Wenn ihr nicht etwas zustieß.

Manchmal wollte er sie am liebsten packen und durchschütteln. Um ihrem scharfen Verstand, der von der großen kulturellen Einöde um sie herum durcheinander gebracht wurde, etwas auf die Sprünge zu helfen.

Der Tag war vorbei, und Buffy war auf Patrouille.

Sie war förmlich in die Schwärze der Nacht eingetaucht, während sie in absoluter Alarmbereitschaft über den Friedhof schlich. Als sie die Holzpflöcke an ihrem Gürtel prüfte, hatte sie plötzlich das Gefühl, sie werde von jemandem beobachtet. Das beunruhigte sie nicht besonders. Sie hatte im Gegenteil große Lust auf jemand, den sie nach Strich und Faden verprügeln konnte. Denn das hatte sie mit Giles ja schließlich nicht tun können.

Sie bewegte sich – vorsichtig wie immer – weiter. Was hatte Giles bloß immer über ihre schlampige Jägerinnen-Gewohnheiten zu meckern? Er war ganz schön aufsässig. Sie war ja schließlich die Jägerin. Sie musste ja schließlich jede Nacht ihr Leben riskieren, während er in seinen verstaubten alten Büchern las.

Im Mondlicht glänzte etwas auf dem Boden. Sie kniete sich hin. Es war ein sehr schmales, zierliches Armband. Sie wendete es in dem schwachen Licht hin und her und besah es von allen Seiten. In verschnörkelter Schrift waren drei Initialen eingraviert: E, N und T.

«Da ist Blut dran», sagte eine Stimme.

Sie erstarrte, drehte sich um und entspannte sich wieder. Angel stand hinter ihr. Um ihre Freude über das Wiedersehen zu verbergen, sagte sie schnell: «Oh, hallo. Schön dich … Blut?» Sie sah mit fragendem Blick wieder auf das Armband.

Angel sagte: «Ich kann es riechen.»

Sie hörte das, wusste aber nicht so recht, wie sie diese Äußerung verstehen sollte. «Es ist sehr feingliedrig», bemerkte sie. «Wahrscheinlich von einem Mädchen.»

Angel sah sich um. «Wahrscheinlich.»

Sie lachte, und er sah sie wieder an. «Ich habe mir überlegt, ob es nicht schön wäre, wenn wir uns ab und zu mal treffen, wenn es nicht um Blut geht?» Sie wartete auf eine Antwort. Aber er sah sie nur an. Sie fügte hinzu: «Kein Witz, ha ha!»

Sein Gesichtsausdruck veränderte sich kaum. «Was sagst du da? Du willst dich mit mir verabreden?»

«Nein …» Hatte sie das gesagt? Und was war an einer Verabredung überhaupt falsch? Nach allem, was sie zusammen durchgemacht hatten …

Nach ihrem Kuss, nach den Träumen, die sie von ihm hatte …

«Du willst also keine Verabredung», stellte er fest.

Hey, warte, mach diese Tür noch nicht zu, dachte sie ängstlich. Zu Angel gewandt sagte sie: «Wer hat was von Verabredung gesagt? Ich habe nicht davon gesprochen.»

«Richtig, du willst nur Kaffee trinken oder so.» Konnte er etwa Gedanken lesen? Wie konnte er wissen …

«Kaffee?», wiederholte sie.

«Ich wusste, dass das passieren würde.» Er klang irgendwie müde. Oder resigniert.

«Was? Was, wusstest du, würde passieren?» Ihre Stimme wurde schrill. Sie musste leiser sprechen. Sie musste cooler sein.

«Du bist sechzehn Jahre alt. Ich bin zweihunderteinundvierzig.»

Aua, aua, aua. «Mit Mathe habe ich jedenfalls keine Probleme», sagte sie und bemühte sich, nicht zu klingen, als wären zweihunderteinundvierzig minus sechzehn gleich zweihundertfünfundzwanzig.

«Du weißt nicht, was du tust, und du weißt nicht, was du willst», fuhr er fort und zerstörte alles in ihr, was noch zu zerstören war. Er hörte sich an, als stände er über den Dingen. Es klang, als würde er überhaupt nicht von ihr träumen. Oder vielleicht, als wüsste er, was er nicht wollte.

«Ach nein?», fragte sie. «Ich glaube schon. Ich will dieses Gespräch beenden.» Sie drehte sich um. Er hielt sie fest und sah ihr in die Augen.

«Hör mal, wir wissen beide, wohin das führt, wenn wir uns verabreden.»

Es war einer der Momente zwischen ihnen, wie sie schon so viele erlebt hatten. Jägerin und Vampir. Frau und Mann. Es war verwirrend. Sie war verwirrt. Aber eines wusste sie: Angel war ein Bestandteil ihres Lebens, ob sie nun wollte oder nicht – und ob er es wusste oder nicht.

«Es hat schon längst zu etwas geführt», schoss sie zurück. «Findest du nicht, dass es jetzt etwas zu spät ist, mir die Warnhinweise vorzulesen?»

«Ich versuche nur, dich zu schützen.» Er war sehr ernst. Und sehr nah. Sie wollte von ihm geküsst werden. Sie wollte all die Dinge, die Mädchen von demjenigen wollen, den sie lieben. «Das könnte außer Kontrolle geraten.»

Sie sah ihn an und erwiderte flüsternd: «Sollte es denn nicht genauso sein?»

Ohne Vorwarnung zog er sie fest an seine Brust. Erregung durchfuhr sie – halb Aufregung, halb Angst –, als sie in sein verärgertes Gesicht blickte. Würde er sie küssen oder in den Hals beißen? Oder war das für ihn ein und dasselbe?

«Wir sind hier nicht im Märchen», sagte er rau. «Wenn

ich dich küsse, wachst du nicht aus einem tiefen Schlaf auf und lebst glücklich bis an dein Ende.»

«Nein.» Das wusste sie. Das wusste sie ganz genau. Sie versank in seinen Armen. Er war ihr so nah, sehr nah, und sie sagte: «Wenn du mich küsst, will ich sterben.»

Sie hielt seinem Blick stand. Hatte er das denn nicht gewusst, nicht bemerkt?

Dann drehte sie sich um und rannte davon.

Heller Tag.

Schule.

Buffy sammelte langsam die Bücher von ihrem Pult, als Cordelia hereingestürmt kam.

Sie fragte: «Hast du abgenommen? Und dein Haar ...» Obwohl Buffy sie keines Blickes würdigte, zuckte Cordelia mit den Schultern und sagte: «In Ordnung. Ich respektiere dich zu sehr, als dass ich unehrlich sein könnte. Dein Haar ist ein wenig ...»

Sie lachte. «Aber darum geht es ja gar nicht. Die Zeta Kappas brauchen auf ihrer Party ein gewisses Gleichgewicht. Richard hat es mir ausführlich erklärt, aber ich war so damit beschäftigt, ihm *richtig* zuzuhören, dass ich nicht viel mitgekriegt habe. Jedenfalls: Du musst einfach mitkommen. Denn wenn du nicht mitkommst», sie machte eine betroffene Geste, und ihre Augen füllten sich mit Wasser, «dann kann ich auch nicht hingehen.»

Buffy sah Cordelia verständnislos an, dann blickte sie zu Boden.

«Ich rede von Richard *Anderson*, verstehst du?», fuhr Cordelia fort. «Anderson wie *Anderson Farms, Anderson Luftfahrt ...*» – sie brach fast in Tränen aus – «... und *Anderson Kosmetik.*»

Sie fasste sich wieder. «Also, Buffy, du verstehst, dass ich hingehen *muss*. Das sind reiche Männer. Und ich will nicht oberflächlich sein. Denk mal an all die armen Menschen, denen ich mit meinem vielen Geld helfen könnte.»

«Ich komme mit», sagte Buffy ruhig.

«Du kommst mit?» Cordelias Tränen versiegten sofort. «Super! Wir fahren mit meinem Auto. O Buffy, wir sind wie Schwestern ... mit ziemlich unterschiedlichem Haar!»

Sie segelte davon. Buffy starrte ihr hinterher. Cordelias Auftritt hatte ihre Laune nicht wesentlich verbessert.

Verhüllte Gestalten saßen inmitten von Felsvorsprüngen und Kerzen in der unheimlichen Höhle unter dem Delta-Zeta-Kappa-Verbindungshaus. Es war ein sehr altes Gemäuer, eher ein Gewölbe als ein Keller, geradewegs in den Stein hineingehauen. Eine lange Steintreppe führte vom Erdgeschoss des Hauses hinunter. Die Kerzen warfen ein flackerndes Licht über die Wände einer großen Grube am Ende der Höhle.

Ein junger Mann, halb ungeduldig, halb ängstlich, stand mit entblößtem Oberkörper vor Richard. Der hatte seine Kapuze zurückgeworfen und richtete nun ein Schwert auf die Brust des Jüngeren.

«Ich vermache mein Leben und meinen Tod ...», betete er vor.

Der junge Mann wiederholte mit leicht zitternder Stimme: «Ich vermache mein Leben und meinen Tod.»

Richard fuhr fort: «Den Delta Zeta Kappas und Machida, dem wir dienen.» Er fing an, ein Symbol in die Brust des jungen Mannes zu ritzen.

Dieser zuckte mit keiner Wimper. «Den Delta Zeta Kappas und Machida, dem wir dienen.»

Niemand sonst sprach. Richards Stimme erklang, während er die Haut des Jungen aufritzte. «Ich schwöre im Angesicht meiner versammelten Brüder.»

Der Junge sprach nach: «Ich schwöre im Angesicht meiner versammelten Brüder.»

«Ich verspreche, unser Geheimnis von diesem Tage an bis zu meinem Tode zu wahren», beendete Richard.

«Ich verspreche, unser Geheimnis von diesem Tage an bis zu meinem Tode zu wahren», sagte der junge Mann mit fester Stimme.

Richard senkte das Schwert. «Mit Blut wurde ich getauft, mit Blut werde ich herrschen, in Seinem Namen!»

Der junge Mann wiederholte voller Inbrunst. «Mit Blut wurde ich getauft, mit Blut werde ich herrschen, in Seinem Namen!»

«Du bist jetzt einer von uns», eröffnete ihm Richard.

«In Seinem Namen», erwiderte der Junge, und die anderen um ihn herum wiederholten im Chor: «In Seinem Namen.»

«Und jetzt gibt's was zu trinken!», rief Richard.

Schon öffnete jemand einen Kühlschrank und reichte Unmengen von Bier an die versammelte Menge weiter. Musik hämmerte durch das Gewölbe. Was zwei Sekunden zuvor noch ein brutales Initiationsritual gewesen war, war nun eine typische Verbindungsparty geworden. Die Brüder klopften dem Jungen auf die Schulter und gratulierten ihm.

Richard beobachtete sie lächelnd und wandte dann seine Aufmerksamkeit dem Mädchen zu, das sie bei seinem Fluchtversuch eingefangen hatten. Es hing in Ketten an der Wand und sah ziemlich fertig aus.

«Und was tut ein so nettes Mädchen wie du an einem solchen Ort?», fragte er.

«Lass mich gehen», flehte sie.

Er legte nachdenklich den Kopf auf die Seite. «Dich gehen lassen? Lass mich überlegen … äh, nein.»

Sie brach in Tränen aus, und er lachte. Er sagte: «Gott, ich liebe die Mädchen von der High School», nahm einen Schluck Bier und nickte im Takt der Musik vor sich hin. So gefiel ihm das Leben.

Das Mädchen schluchzte.

Zwei

Willow fragte Buffy mit großen Augen: «Du willst wirklich zu dieser Verbindungsparty gehen?»

Sie saßen im Aufenthaltsraum. Xander las offiziell in einer Skateboard-Zeitschrift, bekam aber Wort für Wort alles mit, was Buffy und Willow redeten. Sie wussten es, und er wusste, dass sie es wussten. So war es eben.

«Warum hast du es dir anders überlegt?», staunte Willow.

Buffy war immer noch völlig niedergeschlagen. «Angel», antwortete sie einsilbig.

Willow staunte noch mehr. «Er geht mit?» Zu Xander sagte sie: «Sie hat eine Verabredung mit Angel. Ist das nicht aufregend?»

«Ich bin begeistert», kommentierte Xander ironisch.

Buffy wusste, dass sie nie von allein auf die Wahrheit kommen würden, also wollte sie nachhelfen. «Ich gehe nicht mit Angel hin. Ich gehe mit … ach Mann, Cordelia.»

«*Cordelia?*», entfuhr es Willow. Und dann: «Habe ich da gerade etwas eifersüchtig geklungen? Bin ich wirklich nicht.» In derselben Tonlage wie zuvor wiederholte sie: «*Cordelia?*»

Xander meldete sich zu Wort: «Cordelia ist viel besser für dich als Angel.»

Als sie den Aufenthaltsraum verließen und den Korridor hinuntergingen, fragte Willow: «Und was gibt's Neues von Angel?»

Buffy hasste es beinahe, darüber zu sprechen. Sie fand es blöd, weiter über ihre intensiven Träume zu plappern und sich dann wieder an seine Monologe zum Thema «Ich muss dich vor meinen wilden Gelüsten beschützen» zu erinnern. Sie würde noch bis zum jüngsten Tag Vampire jagen. Sogar vor ihrer Mutter konnte sie ihr Leben als Jagdmaschine geheim halten. Sollte sie da nicht in der Lage sein, sich vor dem dämonischen Liebhaber zu schützen?

«Nichts», sagte sie matt. «Wie immer. Ganz viel nichts von Angel.»

Xander sah sehr zufrieden aus, als er mit vor Mitgefühl triefender Stimme sagte: «Was für eine Niete!»

Willow meinte: «Ich verstehe das nicht. Er mag dich. Es ist sogar mehr als mögen.»

«Angel redet kaum zwei Worte mit mir», beklagte sich Buffy unglücklich.

«Das gefällt dir bestimmt nicht», sagte Xander pflichtschuldig.

«Und wenn er es tut, behandelt er mich wie ein Kind», fuhr Buffy fort.

«So ein Bastard!», rief Xander empört.

«Weißt du, wenigstens Tom ist in der Lage, ein Gespräch führen zu können.» Der Gedanke bereitete ihr ein wenig Freude. Oder redete sie sich in diese Sache nur hinein?

«Ja, genau, Tom», sagte Xander. Dann erst merkte er, was sie gesagt hatte: «Wer ist Tom?»

«Der Typ aus der Verbindung», erklärte Willow.

«O Buffy, ich glaube, der ist nichts für dich.» Xander wog die Möglichkeiten gegeneinander ab. «Bratpfanne, Herd. Weißt du, was ich meine?»

Giles schlich durch die Bibliothek, machte einen Ausfallschritt mit dem kurzen Schwert, drehte sich um und machte einen Satz nach vorn, drehte sich, machte wieder einen Satz, bewegte sich im Halbkreis und machte einen weiteren Ausfallschritt. «Bist du bereit, wenn dich ein Vampir von hinten angreift?», fragte er.

Dann führte er seinen Gnadenstoß aus, einen schnellen, nach unten gerichteten Stoß mitten ins böse Herz des imaginären Schurken …

Buffy, Willow und Xander kamen durch die Flügeltür der Bibliothek geschlendert.

Er richtete sich auf und sagte: «Oh, ich habe gar nicht gehört, dass ihr gekommen seid.» Er legte das Schwert in den Waffenschrank. «Wie war es letzte Nacht?»

Buffy zeigte ihm das Armband. «Das hier habe ich gefunden.»

Willow betrachtete das Schmuckstück, als Giles es Buffy aus der Hand nahm. Xander saß auf dem Ausgabeschalter und las wieder in seiner Zeitschrift. Giles registrierte, dass der Junge noch andere Interessen außer Buffy hatte, und war froh darüber. Er las die Buchstaben laut vor: «E, N, T.»

«So etwas habe ich irgendwo schon mal gesehen», ließ Willow vernehmen.

«Es ist kaputt», sagte Buffy. «Ich weiß nicht, was da noch draufgestanden hat. Und es ist Blut daran.»

Ihre Beobachtungsfähigkeit musste größer sein, als er vermutet hatte. «Ach, das ist mir gar nicht aufgefallen», sagte Giles erstaunt.

«Angel …», Buffy blickte einen Augenblick wehmütig drein, «… ist aufgetaucht. Er hat es riechen können.»

Von seinem Hochsitz aus vermeldete Xander: «Blut? Na prima. Und so einen Typen hast du zum Freund!»

«Blut», sagte Giles und ging in Gedanken gleich eine ganze Liste von Lösungsmöglichkeiten durch. «Was bedeutet das?», fragte er sich.

«Und das ausgerechnet hier in Sunnydale!» Willow machte ein unschuldiges Gesicht. «Was für eine Überraschung!»

Xander legte seine Zeitschrift weg und sprang von der Thekenfläche. «Okay. Wisst ihr, was wir tun werden? *Sie* sollte am besten heute Nacht wieder ihre Runde drehen, und wir sollten versuchen herauszufinden, wem dieses Armband gehört.»

Giles nickte zustimmend. «Gute Idee. Sie patrouilliert, und wir werden …»

«Ach, hallo übrigens!», sagte Buffy. «*Sie* steht gerade hier, und sie steht *nicht* zur Verfügung.»

Giles war überrascht. «Warum nicht?»

«Buffy, das hier ist etwas wichtiger als …», setzte Xander an.

Buffy zog eine Grimasse und unterbrach ihn: «Ich habe einen Riesenberg Hausaufgaben. Meine Mutter ist noch nicht wieder ganz auf dem Damm, und sie könnte meine Hilfe gebrauchen. Und um ehrlich zu sein, ich fühle mich selbst auch nicht besonders gut.»

Rasch sagte Giles: «Oh, tut mir Leid. Natürlich, wenn du dich nicht gut fühlst …»

«Ich mache am frühen Abend eine kleine Runde und später noch eine, aber den Großteil des Abends …»

Gutes Mädchen. Trotz ihres Unwohlseins drückte sie sich

nicht vor ihren Pflichten. «… solltest du bei deiner Mutter bleiben», beendete Giles großzügig.

Die «drei Musketiere» verließen die Bibliothek. Xander sah Buffy an, und sie erwiderte seinen Blick. Sie verschränkte die Arme vor der Brust und sagte: «Los, sag es!»

Xander zuckte mit den Schultern. «Ich werde es nicht sagen.»

«Du hast Giles belogen», stellte Willow fest.

Xander zeigte auf Willow. «Sie sagt es.»

Buffy wehrte sich: «Ich habe nicht gelogen. Ich habe ihn vor Informationen geschützt, die er nicht …», sie zog eine Grimasse, denn sie wusste, wie lahm das klang, «… ordentlich verdauen könnte.»

«Wie Maisfladen, oder was?», zischte Xander.

«Deine Mutter ist gar nicht krank», schimpfte Willow, «du willst nur auf diese Verbindungsparty gehen, wo viel getrunken wird und es ältere Typen gibt und wahrscheinlich auch noch eine Orgie?»

Xander bekam große Augen. «Hey! Moment mal! Seit wann feiern die da Orgien, und warum bin ich nicht auf der Einladungsliste?»

Buffy war sich ihrer Sache zwar nicht sicher, aber sie entgegnete bestimmt: «Es gibt keine Orgien.»

Willow war nicht überzeugt. «Ich habe einen Haufen wilde Sachen über diese Verbindungspartys gehört.»

«Okay, wisst ihr was?» Buffy blieb stehen. «Seht mal, sieben Tage in der Woche bin ich damit beschäftigt, die Welt zu retten. Gelegentlich will ich einfach mal Spaß haben. Und genau das werde ich heute Abend tun: *Spaß haben.*»

Cordelia hatte sich auf ihre unnachahmliche Art vor Buffy

aufgebaut, als besuchte sie sie auf ihrem Anwesen und nicht im Aufenthaltsraum. Sie sagte: «Heute Abend geht es nicht ums Vergnügen. Es geht um Pflicht. *Deine* Pflicht, mir zu helfen, ewigen Wohlstand zu erlangen. Okay?» Sie machte eine Pause, um die Wichtigkeit der Mission zu unterstreichen. «Also, was hast du zu tun und was nicht? Trag nichts Schwarzes, keine Seide, kein Chiffon oder Spandex. Das sind meine Markenzeichen. Und mach deine Haar nicht wieder so komisch.»

Buffy runzelte die Stirn. «Komisch? Wie?»

«Unterbrich mich nicht», befahl Cordelia. «Zeige dich interessiert, wenn jemand mit dir sprechen sollte. Sei höflich, lache in angemessenen Intervallen …» Sie ließ das merkwürdige Gelächter ertönen: «Ha ha, ha ha.»

Buffy hätte Cor am liebsten gefragt, ob sie vielleicht *Amadeus* im Kino gesehen hatte. Der verbiesterte alte Komponist Salieri hatte Mozart quasi in den Tod getrieben – weil er sein irres Lachen nicht mehr aushalten konnte.

Xander und Willow kamen herein und gingen an den Automaten.

«Und sag deiner Mutter nicht, wo wir hingehen», fuhr Cordelia fort. «Es ist eine Bruderschaft, und es *wird* da getrunken.»

Das war das Stichwort, auf das Willow und Xander gewartet hatten. Xander sagte herausfordernd zu Cordelia: «Cor, sag mal, druckst du dir noch Visitenkarten mit deiner Telefonnummer und den Dienstzeiten drauf, oder gehst du einfach nur im rückenfreien Top?»

«Ach, sind wir etwa ein wenig eifersüchtig?», konterte Cordelia. «Musst du nicht. Du könntest ja auch in eine Bruderschaft mit reichen, mächtigen Männern eintreten. Wenn die Welt irgendwann mal auf dem Kopf steht.»

Buffy lächelte ihre Freunde einladend an. «Wollt ihr euch nicht zu uns setzen?»

«Nee, ich muss erst noch verdauen und so», antwortete Xander.

Er zog mit Willow ab. Cordelia wandte Buffy wieder ihre ungeteilte Aufmerksamkeit zu, trommelte mit den Fingern auf den Tisch und dachte angestrengt nach. Buffy fragte sich nicht zum ersten Mal, welcher kranke Teil ihres Hirns dafür verantwortlich war, dass sie dieser Sache zugestimmt hatte.

Mit ihrem Gehirn hatte das allerdings nichts zu tun. Es waren die verletzten Gefühle, die sie in diese Sache hineingeritten hatten.

«Make-up, Make-up», überlegte Cordelia und rieb sich das Kinn. «Na ja, gib einfach dein Bestes und halte dich im Hintergrund.» Fröhlich beendete sie das Treffen: «Das wird ein richtiger Knaller!»

Buffy senkte den Kopf und ließ ihre Stirn auf die Tischplatte sinken.

Willow saß in einiger Entfernung mit Xander zusammen. «Ich kann nicht glauben, dass sie Giles angelogen hat. Meine Welt ist aus den Fugen», sagte sie.

«Buffy lügt?», sagte er scharf. «Buffy geht zu Verbindungspartys? Das ist nicht aus den Fugen, das ist verrückt!»

«Aus den Fugen bedeutet verrückt», sagte sie sanft.

«Oh!» Er nahm die Cola, die sie sich teilten, und trank einen Schluck.

Willow bediente sich wiederum aus der Tüte mit den Süßigkeiten. «Leider können wir nichts daran ändern. Wir werden Giles helfen …»

Xander unterbrach sie: «Ich gehe zu dieser Party.»

Willow war überrascht. «Was?»

«Ich will ein bisschen auf Buffy aufpassen. Ich traue diesen Verbindungsbrüdern nicht.»

«Du willst sie beschützen?» Er nickte. «Und du willst beweisen, dass du genauso gut bist wie diese reichen, rotznasigen Typen?» Er nickte wieder. «Und vielleicht eine Orgie mitnehmen?»

«Wenn sie nicht zu spät steigt», schränkte er ein.

Sie aß Schokolade.

Er trank Cola.

Es war eine irre Szenerie, Autos drängten sich in die Einfahrt, Musik ertönte. Das Delta-Zeta-Kappa-Haus war enorm groß, und die Geräusche, die nach außen drangen, ließen auf eine Riesenparty schließen.

Cordelia, die selbst ernannte Vertreterin Ambitionierter High-School-Mädchen, kam in ihrem Auto mit dem persönlichen Nummernschild QUEEN C. angebraust. Buffy, die sich neben ihr in den Beifahrersitz drückte, erwartete jede Sekunde den Airbag.

Cordelia rammte das Auto vor ihnen und sagte unwirsch: «Warum parken die immer so verdammt nah an einem dran?» Sie lächelte Buffy an. «Bist du bereit?»

Sie waren angezogen, als wären sie bereit. Cordy trug ein sehr cooles eisblaues chinesisches Satinkleid, Buffy ein Top mit Spaghettiträgern und einen extrem kurzen Rock. Offensichtlich hatte Buffy darauf verzichtet, merkwürdige Sachen mit ihren Haaren anzustellen.

Sie zögerte. «Ich weiß nicht. Vielleicht ist es doch keine so gute Idee.»

«Ach was», wischte Cordelia ihre Bedenken weg. «Los

jetzt!» Sie setzte ihr Doktor-Debbi-Gesicht auf und stieg aus dem Wagen.

Buffy zögerte.

«Los!», kommandierte Cordelia. Sie hätte genauso gut mit den Fingern schnippen können.

Buffy stieg aus. Cordelia führte den Eroberungszug an, und Buffy bildete die Nachhut.

Buffy hatte sich immer vorgestellt, ein Verbindungshaus wäre der reinste Saustall, mit Männerkram überall, Bierposter und Pirelli-Kalender und solchen Sachen. Aber das Delta-Zeta-Kapa-Haus sah eher aus wie das apart eingerichtete Heim einer reichen Familie. Die Party war schon in vollem Gange, das war offensichtlich. Sie hörte laute Musik und das Klingeln von Eiswürfeln und sah etwas, das sie für eine typische Verbindungsidee hielt: Die Kellner waren offensichtlich neu dazugekommene Brüder. Sie mussten in ihrer eigenen oder in Frauenunterwäsche angemalt durch die Gegend laufen. Am Hals trugen sie besondere Zeichen, die bedeuteten: «Frisch verpflichtet.»

Die anderen Jungs sahen reich aus, und die Mädchen waren zugegebenermaßen sehr hübsch.

Als sie und Cordelia hereingerauscht kamen, als wüssten sie genau, was sie taten und wohin sie wollten, beobachtete sie ein großer Kerl mit Stiernacken und dunklem Haar, der Bier aus einem großen Krug schlürfte. Gierig nahm er sie unter die Lupe. Er stieß seinen Kumpel, einen Typen mit supermodern geschnittenem blonden Schopf, in die Rippen und sagte: «Ganz schön viel Material.»

«Jaaa!», stimmte sein Kumpel begeistert zu.

Buffy und Cordelia gingen auf die andere Seite des Raums, wo sie Stellung bezogen. Buffy lehnte unbequem gegen eine Holzvertäfelung, während Cordelia kerzengerade dastand und so beflissen und herzlich strahlte wie eine Stewardess, die die Bordkarten einsammelt.

«Weißt du, was so cool am College ist?», fragte Cordelia Buffy. «Die Vielfalt. Man hat die reichen Leute und alle anderen.» Plötzlich rief sie: «Richard!»

Er kam mit einem Lächeln, das seine schneeweißen Zähne zeigte, auf sie zugeschlendert. In den Händen hielt er zwei Drinks. «Herzlich willkommen, die Damen», sagte er.

«Danke», antwortete Cordelia. Buffy sagte nichts.

Richard prostete ihnen zu und trank. Cordelia tat es ihm nach.

Buffy zögerte noch. «Äh, ist da Alkohol drin?», fragte sie leicht beunruhigt.

«Nur ein Spritzer», beruhigte Richard sie.

«Los, Buffy», drängelte Cordelia. «Ist doch nur ein Spritzer.»

«Ich lasse es einfach ...» Buffy stellte ihr Glas ab.

«Ich verstehe», sagte Richard. «Als ich in deinem Alter war, hatte ich mit diesen Erwachsenensachen auch nichts am Hut.»

Buffy senkte unglücklich ihren Blick und spielte mit ihren Fingern.

«Habt ihr schon unseren Multimedia-Raum gesehen?», fragte Richard.

Cordelia hatte ihr Zuhör-Gesicht aufgesetzt und war jederzeit bereit, in schallendes Gelächter auszubrechen. In einem einzigen Schwall sagte sie: «Den mit der Walnuss-Holzvertäfelung und den beiden 48-Zoll-Fernsehern, die an Satellitenschüsseln angeschlossen sind? Nein! Willst du ihn mir zeigen?»

Sie gingen los. Richard deutete auf Buffy. «Was ist mit ...»

«Mach dir um sie mal keine Gedanken», entgegnete Cordelia.

Sitzen gelassen, schaute Buffy ihnen nach. Was hatte sie denn auch erwartet?

Sie sah sich nervös um und beneidete die vielen Pärchen um sie herum ein wenig. Jeder hatte jemanden. Es war eine Fehlentscheidung gewesen, hierher zu kommen.

Denn für sie gab es nur einen, und alle anderen konnten ihm einfach nicht das Wasser reichen.

Xander fand ein offenes Fenster, kletterte hinein und purzelte in das Verbindungshaus. Er tauchte gerade rechtzeitig vom Boden auf, um sich lässig an eine kleine Theke zu lehnen und sich einen Drink von einem vorbeikommenden Tablett zu angeln. Besagtes Tablett wurde von so einem armen Irren getragen, der in Unterwäsche, mit einem großen Babylätzchen und dem obligatorischen «Frisch verpflichtet»-Zeichen um den Hals die Runde machte. Da war noch so einer auf der anderen Seite, der in einem schwarzen Bustier mit einem Tablett paradieren musste. Und wozu? Um sich in das Netzwerk von Beziehungen einzufädeln und dadurch irgendeinen doofen, bedeutungslosen Job zu kriegen, der eine Million Dollar im Jahr einbrachte.

Xander wusste, dass er in seinem roten Poloshirt und den khakifarbenen Hosen den Anforderungen genügte. Die meisten Typen trugen zwar Hemd und Krawatte, aber es gab doch ein paar, die wie er eher lässig gekleidet waren.

Er nahm den Drink und mischte sich unters Volk. Er hielt nach Mädels Ausschau und nach dem Büfett.

Wieder allein, immer noch. Natürlich.

Buffy stand mit dem Rücken zur Tanzfläche und spielte

mit ihren Händen, drehte sich wieder zu ihrem Drink, nahm ihn in die Hand und stellte ihn wieder zurück. Sie wünschte, sie könnte einfach so von hier verschwinden oder sich wenigstens hinter der Tapete verstecken. Leider gab es hier keine. Wenn wenigstens ihr Kleid dieselbe weiße Farbe hätte wie die Wände.

Pärchen tanzten eng aneinander geschmiegt. Viele Pärchen. Jungs und Mädchen begegneten sich, lächelten, redeten miteinander. Diese Party war ein sehr einsamer Ort, wenn man allein war.

Plötzlich lächelte sie von der anderen Seite des Raums ein Typ an, der ziemlich süß war, und prostete ihr zu. Er sah ganz ernsthaft aus und schien sie wirklich hübsch zu finden. Cool. Sie nahm ihr Glas wieder in die Hand, prostete ihm zu und trank einen sehr kleinen Schluck. Wow, ziemlich stark!

Buffy sah den Typen mit dem Stiernacken und dunklen Haaren, der offensichtlich auf sie zutanzte. Sie beobachtete mit großen Augen, wie er seine Mojo-Nummer machte. «Eine Neue. Los, Süße! Tanz! Yeeaahh!», brüllte er, während er auf sie zugetänzelt kam.

Sie sah sich links und rechts nach einer Fluchtmöglichkeit um – der höflichen Variante –, denn vermutlich trat man auf Verbindungspartys Störenfriede nicht einfach zusammen. Gerade als der Typ sich vor ihr aufbauen wollte, zog Tom Buffy am Arm aus der Sackgasse.

«Darf ich um diesen Tanz bitten?», fragte er.

Er drängte sie auf die Tanzfläche, als der andere Typ sich gerade aus den Tanzenden herausbewegte.

«Danke für ...», fing Buffy an.

«Nein. Wir sind nicht alle betrunkene Rüpel», sagte Tom entschuldigend. «Manche von uns sind nüchterne Rüpel.»

Er lächelte und sah schüchtern zu Boden. «Ich freue mich wirklich, dass du dich entschlossen hast zu kommen.» Er wartete eine Sekunde, dann beugte er sich vor und sah ihr tief in die Augen. «Aber du nicht.»

Sie seufzte und lächelte ein wenig. «Nein. Es ist nur … Ich sollte nicht hier sein.»

«Weil du mit jemandem gehst», erklärte er an ihrer Stelle.

«Nein.»

«Du bist nicht mit jemandem zusammen?»

Es war so schmerzhaft auszusprechen. «Jemand will nicht mit mir zusammen sein.»

«Warum solltest du dann also nicht hier sein?», bohrte er.

Was sollte sie sagen? «Weil ich Verpflichtungen habe, Leute, für die ich verantwortlich bin, für die ich …» Sie zuckte mit den Schultern und lachte verlegen. «Es ist kompliziert.»

«Du hast es mit der Verantwortung. Das gefällt mir. Aber man kann auch zu erwachsen sein. Du solltest dich ab und zu entspannen und mal Spaß haben.»

Buffy sah ihn neugierig an. «Du findest mich zu erwachsen?»

Er lachte über sich selbst. «Ich rede zu viel. Hast du das schon gemerkt? Jedenfalls ist der Kerl jetzt weg, und du musst nicht weiter mit mir tanzen …»

Er wollte sich zurückziehen. Sie ließ ihn aber nicht los und legte seine Arme zurück auf ihre Schultern. «Er könnte ja wieder zurückkommen», sagte sie.

Er sah sie ernst an. Sie rückte noch ein wenig dichter heran, und sie tanzten wie zwei normale Menschen, die sich an einem normalen Abend auf einer normalen Party näher kommen.

Xander gab sich alle Mühe, die beiden zu beeindrucken. Er griff sich zwei Krebsscheren von einem Tablett und wedelte sie durch die Luft. Mit seinem schönsten japanischen Akzent rief er: «Godzilla glleift das Zentllum von Tokio an! – Uuuaaa! Uuuaaa!»

Die zwei Mädchen lachten.

Xander war der Comedy-König. Er war der unangefochtene Herrscher.

Andere waren weit weniger amüsiert. Richard stand mit zwei seiner Brüder zusammen, einem langen Dunkelhaarigen und einem Großen mit einer blonden Kurzhaarfrisur.

Der Dunkelhaarige fragte verwundert: «Was ist das denn für ein Typ?»

«Habe ich noch nie in meinem Leben gesehen», sagte Richard gedehnt.

«Wir haben einen Eindringling gefunden.» Der blonde Typ war entzückt.

Richard lächelte bösartig. Nichtgeladenen Gästen konnten unangenehme Dinge widerfahren. Und das würden sie auch. Darum würde er sich persönlich kümmern.

Die drei Verbindungsbrüder gingen langsam auf Xander zu.

Xander fragte gerade die beiden Mädels: «Habt ihr vielleicht zwei Mädchen gesehen? Die eine ist ungefähr so groß …» Er zeigte Buffys Größe an.

Drei Typen umzingelten ihn. Einer von ihnen war Cordelias BMW-Typ. «Hallo, Leute!», sagte Xander mit so viel unschuldiger Freundlichkeit, wie er nur konnte.

Einer von ihnen, der Stiernackige mit dem dunklen Haar, blaffte: «Ein neues Opfer!»

«Ein neues Opfer!», sagte auch der Dritte, der mit den kurzen blonden Haaren.

Sie nahmen Xander von beiden Seiten unter den Schultern hoch und fingen an, ihn wegzutragen. Alles fing an zu lachen und zu johlen: «Neues Opfer!» Sie bewegten sich immer dichter auf Xander zu, bis er im wahrsten Sinne des Wortes in einer Menge von reichen Typen mit Bier und Gesinnung unterging.

Die Party fing an, Xander keinen Spaß mehr zu machen.

Buffy ging nach draußen, um frische Luft zu schnappen. Auf der Party stieg die Stimmung. Ihre eigene war allerdings im Keller.

Etwas knirschte unter ihrem Schuh.

Sie bückte sich und hob es auf. Eine Glasscherbe.

Sie richtete sich wieder auf und sah hinauf zum zweiten Stock. Eine Tür war mit Latten vernagelt. Das Ganze sah aus wie eine schnelle Notlösung.

«Alles in Ordnung?», fragte Tom, der auch herausgekommen war.

Überrascht fuhr sie herum und ließ die Scherbe fallen. «Ja, ich habe nur … nachgedacht.»

Drinnen wurde die Lautstärke der Musik hochgedreht. Richard und der Schmierige kamen herausgeschlendert, etwas beschwipst, und brachten Buffy und Tom Drinks mit. Richard stieß mit ihnen an.

«Auf meine argentinischen Aktien, deren Wert sich gerade verdoppelt hat!»

Er setzte sein Glas an und schüttete den Inhalt in sich hinein.

Tom sah Buffy an und sagte: «Auf … das Erwachsensein!» Er erhob sein Glas.

«Was soll's», sagte sie. Sie kippte den ganzen verdammten Drink hinunter. Tom war überrascht. Gut.

«Ich habe keine Lust mehr, erwachsen zu sein», beschloss Buffy.

Er lächelte.

Ebenso wie Richard.

Wie üblich verbrachten Willow und Giles in der Bibliothek eine Nachtschicht mit der Erforschung des Unheimlichen. Willow machte das nichts aus. Bevor Buffy aufgetaucht war, hatte sie die meisten Abende mit Hausaufgaben oder Internetsurfen zugebracht. Oder sie hatte anderen, cooleren Leuten im *Bronze* dabei zugesehen, wie sie viel mehr Spaß hatten als sie selbst und Xander.

Willow hatte das Armband, das Buffy gefunden hatte, in der Hand und tippte alle möglichen Kombinationen von E, N und T in den Computer, um zu sehen, ob irgendetwas Schlaues dabei herauskam.

Willow fuhr fort: «Gent.»

«Sent», schlug Giles vor.

Willow: «Rent.»

Giles: «Ment.»

Willow: «Kent.» Bingo! Verbindung hergestellt. «Kent! Das ist es!»

«Der Name ihres Freundes ist Kent?», fragte Giles.

Willow wusste, sie war auf einer heißen Fährte. Ihre Finger flogen über die Tastatur. «Nein. Die Kent-Vorbereitungsschule. Daher kenne ich dieses Armband.»

Giles beugte sich über sie und sah auf den Monitor. «Was machst du?»

«Ich rufe die letzten Ausgaben der Schulzeitung auf. Mal sehen, ob wir da etwas finden über ...»

«… ein verschwundenes Mädchen», beendete Giles den Satz und sah sich mit Willow zusammen den Titel der *Kent School News* an. Über dem Foto eines jungen, hübschen Mädchens stand in dicken Lettern die Titelzeile: CALLIE, UNSERE HERZEN UND GEBETE SIND MIT DIR.

Ich tue das für Buffy. Ich tue das für Buffy, dachte Xander die ganze Zeit, während er nach seiner Freundin Ausschau hielt und sich als Krönung auch noch vor einer Meute von mindestens fünfzig Leuten total demütigen ließ.

Die Verbindungsjungs aus der Provinz hielten seinen Kopf fest und schmierten Lippenstift in einer Farbe, die ihm ganz und gar nicht stand, über seinen ganzen Mund. Sein Hemd war verschwunden, und er trug einen BH, der sogar für Dolly Parton zu groß gewesen wäre. Dazu hatten sie ihm einen grauen Seidenunterrock verpasst.

«Los, tanz, mein Schöner!», rief der Typ mit dem kurzen blonden Schopf. Xander bewegte sich lahm im Takt. «Los, Mann! Beweg dich!»

In alter Tradition versohlten sie ihn mit Holzplanken, sogar die Mädchen, die über seine Godzilla-Nummer gelacht hatten. Es wurde ihm mittlerweile ein bisschen zu arg, und er konnte Buffy nirgends sehen, also sagte er: «Okay, das hat wirklich Spaß gemacht. Wer ist der Nächste?»

Er wollte sich dezent zurückziehen, aber der Dunkelhaarige schnappte sich ihn und zog ihm eine blonde Lockenperücke über den Kopf. «Du bist es, Puppengesicht. Tanz weiter!» Er wirbelte ihn herum.

Der blonde Typ fing an abzurocken.

«Tanz, Fremder!», sagte er lachend.

Xander tanzte.

Ich tue das für Buffy.

Entweder war irgendetwas überhaupt nicht mit ihr in Ordnung, oder Buffy war, was das Trinken anging, ein Weltklasse-Fliegengewicht.

Sie konnte kaum noch etwas in dem sich drehenden, schwankenden Raum erkennen. Irgendein Typ mit langem blonden Haar in BH und kurzem Unterrock tanzte mit dem Rücken zu ihr.

«Tom?», murmelte sie, aber niemand antwortete.

Sie torkelte auf eine Treppe zu und stieg die Stufen hinauf. Dabei schaukelte sie wie ein Korken auf dem Meer auf und ab. Im Korridor öffnete sie eine Tür und stolperte gegen jemanden. «Oh, Schulligung» lallte sie, bemerkte dann, dass es ein stummer Diener war oder eine Statue oder irgend so etwas. Was auch immer.

Sie sah sich in dem Zimmer um und erblickte ein großes Bett. Ja! Sie tappte darauf zu und kletterte hinein.

«Okay. Schönes Bett. Es muss nur mal aufhören, sich zu drehen ...»

Sie legte sich hin. Sie war komplett hinüber.

Richard öffnete die Tür und schlich auf das schlafende Mädchen zu. Es lag auf der Seite. Er rollte es auf den Rücken und strich mit seinen Fingern über ihre Haut.

Jemand packte ihn von hinten und schleuderte ihn gegen die Wand. Es war Tom. Verärgert befahl er: «Lass die Finger von ihr!»

Richard runzelte die Stirn. «Ich habe doch nichts gemacht.»

Tom funkelte ihn an. «Ich habe gesehen, was du getan hast.»

«Ich wollte nur ein bisschen Spaß», beschwichtigte ihn Richard.

Tom erklärte in drohendem Tonfall: «Sie ist nicht zu deinem Vergnügen hier, du Perverser! Sie ist hier zum Vergnügen des Einen, dem wir dienen.»

Richard wendete seinen Blick ab und sagte gehorsam: «In Seinem Namen.»

«Und das gilt auch für die andere», befahl Tom.

Sie drehten sich um und betrachteten die unbewegliche Gestalt von Richards kleiner blonden «Freundin» Cordelia. Sie lehnte sitzend zwischen Nachttisch und Bett, auf dem bewusstlos die Blonde lag. Wie war noch ihr Name? Buffy? Unwichtig.

Drei

Giles las am Computermonitor eine Ausgabe der *Kent School News*.

«Callie Megan Anderson ... wird seit über einer Woche vermisst. Niemand hat sie gesehen, niemand weiß, was mit ihr passiert ist.»

«Da wir uns in Sunnydale befinden», schloss Willow, «können wir, glaube ich, eine harmlose Erklärung ausschließen.»

Das musste Giles an die Pflichten der Jägerin erinnert haben, denn nach kurzem Nachdenken griff er zum Telefonhörer und sagte: «Ich rufe Buffy an.»

«Nein!», entfuhr es Willow.

Er sah sie irritiert an. «Warum nicht?»

Bleib ruhig, denke schnell, befahl Willow sich selbst. Dann sagte sie: «Weil Buffy und ihre Mutter ...»

«Krank sind», beendete Giles. «Du hast Recht. Wir sollten sie erst stören, wenn wir mehr wissen.»

Mehr, dachte Willow. *O nein, nicht mehr.* Und zu Giles: «Meinen Sie, es gibt noch andere Opfer?» Denn es tauchten noch mehr Namen auf dem Bildschirm auf. Namen von Mädchen, viele Mädchen, die verschwunden waren.

«Brittany Oswald, Unterstufenschülerin am *St. Michael's,* verschwand vor einem Jahr. Ebenso wie Kelly Percell, im zweiten Jahr am *Grant.*»

«Das war vor einem Jahr», sagte Giles und dachte nach, während er weiterlas. «Fast auf den Tag genau.»

Giles' Gehirnsynapsen stellten gerade die üblichen schlauen Giles-Verbindungen her. Sie konnte es in seinen Augen sehen. «Ein Jahrestag. Oder vielleicht irgendetwas anderes, das dem Killer wichtig ist.»

Willows Stimme klang ziemlich schrill, als sie sagte: «Ein Killer? Jetzt gibt es schon einen Killer? Wir wissen doch gar nicht, ob da ...»

«Nein. Aber da wir uns in Sunnydale befinden ...»

Ihre eigenen Worte wurden gegen sie selbst verwendet.

«Wir müssen wissen, wo Buffy dieses Armband gefunden hat, und dann können wir von dort aus unsere Suche starten.»

Giles griff wieder nach dem Telefonhörer.

«Gute Idee, rufen Sie Angel an!», sagte Willow schnell. Giles sah sie an. Sie lehnte sich für ihre Freundin wirklich sehr weit aus dem Fenster. Das letzte Mal, dass sie jemanden so erbarmungslos gedeckt hatte, war in der Fünften gewesen, als sie den Späher für ein paar Mädchen machte, die auf der Toilette rauchten. Jetzt war sie schon bis zum Verheimlichen von Verbindungspartys aufgestiegen. Irgendwann landete sie bestimmt noch im Knast. «Er war dabei, als Buffy es gefunden hat. Wir werden jede Hilfe brauchen, die wir bekommen können.»

Das musste sich plausibel angehört haben. Diesmal hinderte sie ihn nicht, als er den Telefonhörer abnahm.

Die Party war vorbei. Die letzten Betrunkenen torkelten von dannen. Xander, immer noch bekleidet wie Demi Moore in mindestens einem ihrer Filme, wurde von seinen neuen Freunden, dem dunkelhaarigen und dem blonden Bruder, rausgeschmissen. Sie warfen ihm die Kleider hinterher und wollten schon dichtmachen.

«Jetzt ist Schluss», rief der Blonde lachend.

«Warte», rief Xander, «eine Freundin von mir war auch hier.»

Der Dunkelhaarige hielt inne und sah ihn prüfend an. «Weißt du, in diesem Licht, mit der Perücke und allem» – er sah eine Welle sinnierend in den Himmel und warf Xander einen gespielt bewundernden Blick zu – «bist du einfach arschhässlich.»

Er und sein guter Kumpel kicherten über diese imponierende Darstellung von gesundem Mutterwitz, als sie ihm die Tür vor der Nase zuschlugen. Xander kochte vor Wut, warf seine Kleider auf die Veranda und riss sich BH und Perücke vom Leib.

Die Party war definitiv vorbei.

Sie hatte ihren Zweck erfüllt, und jetzt war es an der Zeit, das Versprechen einzulösen.

Eine männliche Gestalt mit nacktem Oberkörper kniete vor der dunklen Grube. Ihre Haut war mit diamantförmigen Narben bedeckt. Die anderen Typen trugen Umhänge und Kapuzen über dem Kopf und blieben in respektvollem Abstand stehen.

Ein Becher und ein Schwert lagen am Rand der Grube.

Richard trug langsam das Schwert hinüber zu dem Knienden. Er hielt es sehr huldvoll und begann, ihm etwas in den Rücken zu ritzen.

Der Schmerz war reinigend. Der Schmerz war gut.

In Seinem Namen …

Cordelia war gerade wieder zu sich gekommen. Man hatte sie an eine Steinwand gekettet. Angsterfüllt sah sie zu Buffy hinüber, die ebenfalls angekettet war. Sie war schon länger wieder bei Bewusstsein und machte sich mit der Lage vertraut: Stärke der Ketten, mögliche Fluchtwege, Anzahl der Ärsche von reichen Jungs, in die es zu treten galt.

Cordelias Stimme zitterte. «Buffy, wo sind wir?»

«Im Keller, soviel ich weiß», antwortete Buffy ruhig.

«Was ist passiert? Was haben sie mit uns gemacht?»

«Sie haben uns betäubt», antwortete Buffy verärgert. Sie war so dumm gewesen. Wo war ihr Instinkt, wenn sie ihn brauchte? Warum hatte sie sich auf diese Sache eingelassen? Wann würde sie nicht mehr sechzehn sein?

Wahrscheinlich schon etwas früher, als sie erwartet hatte, so wie die Dinge sich entwickelten.

«Warum?», fragte Cordelia. «Was wollen die mit uns machen?»

«Ich weiß es nicht.» Buffy machte sich immer noch mit der Umgebung vertraut und sondierte die Lage. Es kostete extra Kraft, Cordelia zu antworten, aber sie wusste, sie musste sie beruhigen, damit sie bei der Flucht zu etwas zu gebrauchen war – wenn sie überhaupt zu etwas zu gebrauchen war.

Cordelia drehte komplett durch. Sie schluchzte wie ein kleines Kind: «Ich will nach Hause!»

Aus der Dunkelheit drang eine erschöpfte Stimme: «Niemand geht hier nach Hause …»

Es war ein Mädchen. Wahrscheinlich war sie einmal hübsch gewesen, aber jetzt hingen ihre Haare in Strähnen herunter, und ihr Gesicht und ihre Lippen waren aufgesprungen. «Niemals», sagte sie. Sie schien keine Angst zu haben, aber auch keine Hoffnung.

Was hatten sie mit ihr gemacht?

«Einer von ihnen ist anders als die anderen. Netter», fuhr sie fort.

«Tom», flüsterte Buffy. Aber sie hatte gesehen, dass er derjenige gewesen war, dessen Rücken Richard bearbeitet hatte.

Und als hätte Buffy ihn gerufen, drehte sich Tom um und sah sie an. Zwei der Kapuzenmänner legten ihm einen grünen Umhang um die Schultern.

Das Mädchen nickte. «Auf den muss man aufpassen.»

Tom bewegte sich wie ein Raubtier auf die Mädchen zu. Er starrte Buffy einen langen, unheimlichen Moment lang an. Dann entschied er: «Sie kommt als Letzte dran.»

«Als Letzte? Wobei? Wer ist die Erste? Antworte mir! Wer ist die Erste?», schrie Cordelia.

Tom ignorierte sie. Er ging zurück zu der Grube und leerte drei Steine aus einem kleinen schwarzen Beutel.

«Drei Steine», bemerkte Buffy. «Wir sind auch drei.»

«*Buffy!*», flehte Cordelia.

«Bleib ruhig», sagte Buffy bestimmt. «Wir werden hier herauskommen.»

Tom ließ Wasser über die Steine laufen und legte sie zur Seite.

«Warum habe ich mich je von dir überreden lassen, hierher zu kommen», heulte Cordelia. Buffy äußerte sich nicht zu Cordelias selektivem Erinnerungsvermögen. Sie hatte ja gewusst, dass es gefährlich werden würde, als sie eingewilligt hatte.

Hatte sie das wirklich gewusst?

Von Giles herbeigerufen, war Angel in die Bibliothek gekommen. Er und der Wächter standen vor einem der Fenster, und Willow starrte gebannt auf die Scheibe.

Angel sagte: «Sie hat das Armband auf dem Friedhof gefunden, in der Nähe der Südmauer.»

Willow rührte ihren Blick nicht vom Fleck.

Giles überlegte einen Moment. «Südmauer.» Dann drehte er sich um und sagte zu Willow: «Was machst du eigentlich da?»

Erwischt! Willow stotterte: «Oh, tut mir Leid. Die Sache mit dem Spiegelbild ... das du nicht hast», sagte sie zu dem Vampir. «Angel, wie rasierst du dich eigentlich?»

Sie dachte weiter nach. «Die Südmauer, die ist in der Nähe vom College und ...» *O nein!*

«Vom Verbindungshaus», fügte sie hinzu. Ihr war ganz mulmig zumute. Das Delta-Zeta-Kappa-Bruderschaftshaus!

«Eine Studentenverbindung?», fragte Giles.

Willow nickte eifrig. Sie war so aufgeregt, dass sie keinen Ton herausbekam. *Nein, nein, nein!*

Angel fragte: «Könnten die sich diese Mädchen geholt haben?»

Immer noch unfähig, einen Ton von sich zu geben, nickte Willow.

«Lasst uns hingehen», sagte Angel.

Die beiden Männer wollten die Bibliothek gerade verlassen, als Willow mit allergrößter Mühe herauskickste: «Buffy!»

Giles schüttelte den Kopf. «Wir wissen ja noch nicht, ob da was dran ist. Wir stören sie erst, wenn wir …»

«Sie ist da!», platzte Willow heraus. «Mit Cordelia. Sie sind zu einer Party im Delta-Zeta-Kappa-Haus gegangen!»

Giles war erstaunt. «Sie hat mich belogen?»

«Äääh.» Willow war nicht besonders glücklich über ihre neue Rolle als Verräterin.

«Hatte sie … eine Verabredung?», fragte Angel, ebenfalls nicht besonders glücklich.

«Äääh», entfuhr es Willow wieder, aber dann kehrte ihr Sprechvermögen zurück. «Warum, glaubst du, ist sie zu dieser Party gegangen?», fuhr sie Angel an. «Weil *du* ihr den Laufpass gegeben hast!»

Dann wandte sie sich in ihrem epischen Zorn an Giles. «Und Sie erlauben ihr außer Arbeiten und Patrouillieren und so weiter gar nichts. Ich weiß, dass sie die Auserwählte ist, aber sie kommt vor Druck bald um. Ich meine, sie ist sechzehn, aber sie führt das Leben einer Vierzigjährigen!»

Sie war sauer auf alles, auch auf das Leben als solches, weil Buffy dieses große, unfaire Paket von ekligen Pflichten und Verantwortungen aufgebürdet war. Es war, wie lebenslänglich in der Schulmensa essen zu müssen. Es war, wie nie heißes Wasser im Haus zu haben. Es war wie …

Wie jeden Morgen aufwachen in dem Wissen, dass man von Vampiren und Dämonen überallhin verfolgt wird, die versuchen, einen zu töten, wenn man ihnen nicht zuvorkommt. Und zwischen alledem musste man noch in Geschichte durchkommen und durfte seiner Mutter nie verraten, warum man immer in so viel Ärger geriet.

Sie wandte sich wieder an Angel, denn sie war noch nicht fertig mit ihm. Er bereitete Buffy den größten Kummer.

«Und *du*! Ich meine, du wirst doch ewig leben. Hast du da keine Zeit für eine Tasse Kaffee?»

Willow holte tief Luft. Sie war nicht weniger von ihrer Tirade überrascht als Giles oder Angel.

«Okay», sagte sie. «Jetzt fühle ich mich immer noch nicht besser, und wir müssen Buffy helfen.»

Sie ging voran.

Die anderen folgten.

Xander trug wieder seine eigenen Kleider, als er über das Gelände des Verbindungshauses davonstapfte. «Eines Tages werde ich Geld, Ansehen und Macht haben», grollte er. «Und an diesem Tag werden die immer noch mehr haben als ich.»

Wie der Angeber, dem dieser Flitzer gehört, dachte er verärgert und funkelte wütend das knallrote Auto in der Auffahrt an. Dann sah er genauer hin. Auf dem Nummernschild stand «QUEEN C». Er sah sich um und fing an zu laufen.

Es war noch nicht Zeit, das Feld zu räumen.

Toms Gesicht war wie versteinert, als er in gebieterischer Pose mit dem langen Schwert in der Hand auf den Stufen stand, die ins Erdgeschoss des Hauses führten – und in die Freiheit. Ehrfürchtig sagte er: «Machida.»

«In Seinem Namen», sangen die anderen. Das Echo ihrer Stimmen erinnerte Buffy an eine CD mit Mönchsgesängen, die Willow einmal angeschleppt hatte.

Er ging die Stufen hinunter. «Wir, die wir Dir dienen, wir, denen Du Deine Gunst erweist, rufen Dich in dieser heiligen Stunde an.» Er ging auf die Mädchen zu, ohne sie eines Blickes zu würdigen.

Dann drehte er sich zu der Grube um. «Wir haben keine Reichtümer, keinen Besitz, bis auf das, was Du uns zuteil werden lässt.»

Seine verrückten Freunde intonierten: «Bis auf das, was Du uns zuteil werden lässt.»

Er legte das Schwert in Richards ausgestreckte Hände. «Wir sind ohne Macht, ohne Bleibe auf dieser Welt, wenn Du sie uns nicht zuteil werden lässt.»

Cordelia fragte Buffy: «Was ist das? So 'ne Art Sekte?»

«Eine Psycho-Sekte», antwortete Buffy. Von denen gab es keine CD.

«Du musst etwas unternehmen», drängelte Cordelia.

«Seit unserer letzten Opfergabe ist ein Jahr vergangen», fuhr Tom fort. «Ein Jahr voller reicher Gaben. Wir treten mit frischen Opfergaben vor Dein Angesicht.» Er zeigte auf die Mädchen.

O nein!

«Opfergaben», wiederholte Cordelia. «Spricht er über *uns*?»

Das andere Mädchen funkelte sie an. «Siehst du hier sonst noch jemanden in Ketten?»

«Nimm unsere Opfergaben an, dunkler Gebieter», bat Tom. Buffy zog an ihren Ketten. «Und segne uns mit Deiner Macht. Machida!» Er streckte seine Hände über dem Grubenrand aus.

«Machida!», echoten die anderen.

Tom ließ die Steine hineinfallen. Ein, zwei, drei.

Cordelia fragte zitternd: «Was ist … da unten?»

«Zeige Dich», sagte Tom. Er erhob seine Arme. «Und schaue mit Deinem schrecklichen Antlitz auf Deine Diener und ihre demütigen Opfergaben! Wir rufen Dich, Machida!»

«In Seinem Namen! Machida!»

Sie knieten sich alle hin, Richard mit dem Schwert, wie ein Ritter in glänzender Rüstung.

Cordelia fing an, etwas zu ahnen. «Da unten ist etwas. Und sie werden uns da hineinwerfen!»

Plötzlich vibrierten durch ein Donnergrollen die Steine unter Buffys Füßen. Es war wie ein Erdbeben, als das Gewölbe von dem Geräusch erfüllt wurde.

«Das glaube ich nicht», sagte Buffy.

Cordelia klammerte sich nach Leibeskräften an jede Hoffnung. «Nein? Ach, das ist gut. Das ist …»

Buffy hasste auszusprechen, was auf der Hand lag. «Ich glaube nicht, dass wir zu ihm gehen. Es kommt zu uns.»

Das Getöse wurde noch lauter. Die Erde bebte. Etwas kam aus der Grube auf sie zu.

Einen Moment lang war Buffy so perplex, dass sie nicht erkennen konnte, was es war. Sie hatte schon gegen viele dunkle Mächte gekämpft, viele gefährliche Monster. Aber etwas Derartiges hatte sie noch nie gesehen. Machida war halb Mensch, halb Schlange. Der eine Teil war ein menschlicher Oberkörper mit Armen, aber mit Schwimmflossen statt Händen. Als das Monster die Mädchen aus seinen glänzenden Schlangenaugen ansah, bemerkte Buffy seine gefährlichen langen Fangzähne und das Reptiliengesicht. Von der Taille abwärts war das Wesen eine Schlange, und es war nicht abzusehen, wie groß es war.

Cordelia fing an zu schreien. Sie verfiel in totale, haltlose Panik. Buffy hätte auch gern einfach losgeschrien, aber sie musste versuchen, sich und ihre Mitgefangenen zu retten.

Als sie das Monster anstarrte, fragte sie sich allerdings, ob die Jägerin diesmal ihren Meister gefunden hatte.

Das Monster streckte die Brust vor und breitete seine Flossenarme über seine Jünger aus, als wollte es sie segnen.

Tom hob seine Arme und sagte: «Er steht auf aus der Tiefe, und wir erzittern vor Ihm. Er, die Quelle all unseren Besitzes. Machida!»

Die anderen riefen: «Machida!»

Tom fuhr fort: «Und wenn Ihm unsere Opfergaben gefallen, dann soll sich unser Reichtum vergrößern.»

Die anderen riefen: «Machida, vergrößere unseren Reichtum!»

«Und am zehnten Tag des zehnten Monats wird Er hungrig sein, und wir werden Ihn füttern.»

Das Monster bewegte seinen langen Schwanz und nahm die Mädchen unter die Lupe. Cordelia schrie: «Ihn füttern? *Ihn füttern?*»

Als das Monster auf Cordelia Kurs nahm, rüttelte Buffy, so fest sie konnte, an ihren Ketten. Aber sie gaben keinen Millimeter nach. Buffy kämpfte weiter. Es musste einen Ausweg geben. Es musste …

Angel, Willow und Giles kletterten aus Giles' Auto und eilten auf das im Dunkeln liegende Delta-Zeta-Kappa-Verbindungshaus zu.

«Sieht so aus, als wären schon alle weg», sagte Willow hoffnungsvoll. Angel stimmte ihr zu. Vielleicht lagen Buffy und Cordelia schon lange zu Hause in ihren Betten.

«Hallo», sagte jemand. Angel fuhr herum.

«Hallo.» Es war Xander. Er trug einen schwarzen Kapuzenmantel. Er zog die Kapuze ab und fragte: «Was macht ihr denn hier?»

Willow erklärte eilig: «Es werden ein paar Mädchen vermisst. Die Delta Zeta Kappas könnten damit zu tun haben, und Buffy …» Sie hielt inne. «Bist du geschminkt?»

Xander rieb sich über sein Gesicht. «Nein. Ich glaube,

Buffy und Cordelia sind noch irgendwo da drin.» Er zeigte auf das Auto. «Das ist Cordelias.»

Angel begann sich große Sorgen zu machen.

Giles deutete auf Xanders Outfit. «Warum hast du so was an?»

«Ach, das habe ich im Müll gefunden.» Er zeigte auf das Haus. «Ich habe sie durch ein Fenster beobachtet. Sie trugen alle diese Umhänge und gingen in den Keller. Ich wollte mich in diesem Aufzug hineinschleichen.»

Giles vermutete: «Vielleicht halten sie irgendein Ritual ab.»

Angels Angst nahm ungeahnte Ausmaße an.

«Mit den vermissten Mädchen», fügte Willow hinzu.

Angel sah zu dem Haus hinüber. Sein Ärger wuchs. «Mit Buffy», sagte er. Mit seiner Buffy. Diese selbstgefälligen jungen Schnösel … diese reichen Idioten, die glaubten, sie könnten sich alles erlauben. Wenn einer von ihnen Buffy auch nur angerührt hatte, würde er ihnen allen die Hälse umdrehen.

Er spürte, wie sich sein Gesicht veränderte. Ein Knurren drang tief aus seiner Kehle. Die anderen – die ihn ja eigentlich ganz nett fanden – traten, offensichtlich verschreckt, einen Schritt zurück.

«Oh», sagte Xander voller Bewunderung. «So einen Typen hat man wirklich gern zum Freund.»

Machida erhob sich in seiner ganzen schlammblauen, lederartigen Größe. Er war bereit für die Vorspeise: Cordelia.

Cordelia schrie und strampelte, als er sich zu ihr herunterbeugte.

«Hey, du Schlangenmonster!», rief Buffy ihm zu, um ihn abzulenken.

Machida sah sie an.

«Frauen dürfen Machida nicht ansprechen!», herrschte Tom sie an.

«Du willst sie bestimmt nicht», sagte Buffy zu dem Monster. «Sie ist doch nur Haut und Knochen. Nach einer halben Stunde hast du schon wieder Hunger. Warum versuchst du es nicht mit mir?»

«Ich habe doch gesagt, du sollst still sein!» Tom verpasste ihr einen Schlag, der sie fast die Besinnung verlieren ließ. Dann zog er das Schwert und presste die Klinge an ihren Hals. «Noch ein Wort, und ich schneide dir den Hals durch.»

Xander klopfte an die Haustür. Sie ging auf.

Ja, und da waren auch schon seine alten Kumpel, der Stiernackige und der Blonde. Xander verhüllte sein Gesicht hinter der Kapuze und murmelte: «Ihr habt mich ausgesperrt, ich hab den Müll weggebracht. Lasst mich rein, ich will nichts verpassen.»

Der Stiernackige war etwas argwöhnisch, aber er löste die Türsperre und murmelte: «Komm rein.» Er war einer von diesen doofen, begriffsstutzigen Typen, die es in jeder Football-Mannschaft gibt.

Xander stürzte sich auf ihn und schlug ihm, so fest er konnte, ins Gesicht. Der Stiernackige stolperte rückwärts, und Xander fragte ihn: «Wo sind sie?», bevor er sich krümmte und seine schmerzende Faust hielt. Dann griff ihn der Blonde an.

Aber da flog Angel durch das Oberlicht, schaltete den Blonden aus und machte Platz, sodass Willow und Giles hereinkommen konnten.

Zwei von den verhüllten Typen machten Cordelias Ketten los und hielten sie fest, während sie sich in panischer Angst zu wehren versuchte.

Die Kampfgeräusche von oben alarmierten Tom. Zu ein paar der verhüllten Gestalten sagte er: «Da oben stimmt irgendetwas nicht. Geht mal nachsehen!» Sie rannten die Treppe hinauf. Tom sagte zu Machida: «Euer Mahl, dunkler Gebieter.»

Cordelia schlug um sich und schrie, als die verhüllten Gestalten sie packten.

Machida beugte sich über sie.

Sie schrie und schrie, als die Kreatur nach ihr griff. Als es so aussah, als bräche die Hölle über sie herein, schaffte Buffy es, sich zu befreien. Mit aller Kraft riss sie ihre Ketten aus der Wand. Machida hatte Cordelia gefasst und sein Maul weit für den ersten köstlichen Bissen geöffnet, als Buffy hochsprang und ihm einen gewaltigen Tritt an den Kopf verpasste. Er schwankte nach vorn und kippte dann knurrend nach hinten gegen die Außenwand der Grube.

Die zwei Kapuzenmänner ließen Cordelia frei. Sie sprang sofort aus dem Weg, als Buffy den einen an den Kopf trat, dann herumwirbelte und den anderen mit einem weiteren üblen Tritt erledigte.

Wütend nahm Tom das lange Schwert auf und griff sie an. Sie duckte sich und fuhr gerade im rechten Augenblick zurück, und die rasiermesserscharfe Klinge streifte knapp an ihrem Hals vorbei.

Oben brach die Kavallerie über die Zetas herein.

Angel warf einen Verhüllten zu Boden. Willow sprang über ihn hinüber und eilte auf die Kellertür zu, hinter der sie verschwand. Xander saß huckepack auf dem Stiernackigen und schlug ihm immer und immer wieder auf den Kopf.

«Das ist für die Perücke», sagte er. *Wumm*. «Das ist für den BH.» *Wumm*.

Giles rüttelte an einer Türklinke. Ein Zeta war hinter ihm her. Der Wächter richtete sich auf und schlug ihn zu Boden. Er war zufrieden mit sich.

Willow kam in Windeseile aus der Kellertür und rief: «Da greift einer Buffy mit einem Schwert an!» Dann berichtete sie eilig, was sie gerade unten gesehen hatte, und fügte hinzu: «Und da ist auch eine sehr große Schlange.»

Xander saß immer noch auf dem Typen und schlug ihm weiter auf den Schädel. «Das ist für die Schminke und das ist für die letzten sechzehneinhalb Jahre!»

Er versetzte ihm einen letzten Schlag und stand auf. Der Typ kippte nach vorn. Willow zuckte zusammen, als er direkt auf sein Gesicht fiel.

Angel erledigte zwei weitere Typen. Willow wurde klar, dass das Männervolk ihr nicht zugehört hatte, und versuchte es erneut.

«Hey, Jungs: Buffy, Schlange, Keller, *jetzt*!»

Diesmal bekam es jeder mit. Sie stürmten die Kellertür.

Auf dem Weg nach unten schlug Angel einem weiteren Typen die Nase ein.

«Es ist nur ein Kampf wie jeder andere», versuchte Buffy sich selbst zu sagen. Aber das stimmte nicht. Diesmal hatte sie es mit mehr fiesen Gestalten auf einen Schlag zu tun als gewöhnlich. Und einer von ihnen war auch noch ziemlich groß.

Sie rappelte sich auf und rollte weg von Tom, gerade als er das Schwert in den Boden stieß.

«Dich ...», drohte er. «Dich werde ich ihm in Stücken servieren.»

Er holte weit mit dem Schwert aus. Buffy duckte sich und setzte sich mit der Kette zur Wehr. Sie schleuderte sie um seinen Hals. Seine Augen weiteten sich vor Schmerz und Überraschung.

«Tom», sagte sie, «du redest zu viel.» Sie zog kräftig an der Kette, und er flog quer durch den Raum, wobei er einen Tisch mit Kerzen umriss.

Machida machte gerade erneut einen Versuch, Cordelia zu verschlingen, als Angel, Willow, Xander und Giles die Treppe herunterkamen.

«Hiiiiilfe!», schrie sie.

Buffy sprang mit dem Schwert auf den Vorsprung der Grube und erhob es gegen Machida. «Zurück, du Wurm!», brüllte sie.

Das Monster grollte. Sie vollführte einen heftigen Schwung mit dem Schwert und schlug seinen Körper mittendurch.

Es war überstanden.

Giles beeilte sich, Cordelia zu befreien und aufzuhelfen. Willow und Xander nahmen sich des anderen Mädchens an, das ebenfalls noch gefangen war. Buffy war allein.

Voller Dankbarkeit weinte Cordelia: «Du hast es geschafft. Du hast uns gerettet.»

Sie ging direkt an Buffy vorbei und sank in Angels Arme. Buffy senkte ihren Blick zu Boden und merkte nicht, wie Angel sie ansah. Okay, er liebte sie nicht. Das war in Ordnung. Das war ihr egal. Sie war fast draufgegangen. Was konnte er für sie als Jägerin schon bedeuten?

Cordelia fuhr fort: «Ich war in meinem ganzen Leben noch nie so glücklich ...», sie kämpfte mit den Tränen, als

Angel von ihr Abstand nahm, um sich Tom zu greifen. «Euch Typen», sagte sie, «hasse ich wirklich. Es passieren immer die merkwürdigsten Dinge, wenn ihr im Spiel seid.» Willow und Xander halfen dem anderen Mädchen die Treppe hoch. Als Angel mit Tom im Schlepptau an ihr vorbeikam, wirbelte Cordelia zu ihm herum: «Du gehst ins Gefängnis. Für ungefähr fünfzehntausend Jahre.»

Tom sah sie finster an und ging die Treppe hinauf, dicht gefolgt von Angel.

Giles war jetzt mit Buffy allein. Buffy zog ihren kleinen Schmollmund – der ihn nicht anrühren konnte, niemals; egal, wie froh er war, sie lebendig zu sehen – und sagte: «Ich habe gelogen. Und ich habe Alkohol getrunken.»

«Ja, und du wurdest fast von einem riesigen Schlangendämon verschlungen», entgegnete er. «Die Worte ‹Lass dir das eine Lehre sein› kann ich mir in diesem Falle ja wohl sparen.»

«Es tut mir Leid.»

Er wusste, dass sie es ehrlich meinte. Er wurde weich. «Mir auch.» Aber mit seinem übergroßen Sinn für Verantwortung musste er noch hinzufügen: «Ich nehme dich so hart ran, weil ich weiß, womit du es zu tun hast. Von heute an», versprach er, «keinen Druck mehr, kein Drängeln.» Er machte eine kurze Pause. «Nur ein außergewöhnliches Maß an Rumschubserei.»

Arm in Arm verließen die Jägerin und der Wächter das Gewölbe.

Epilog

Abends im *Bronze*.

Ein kurz gewachsener, eifriger Erstsemester trieb die Bedienung an: «Beeilung bitte!» Die Cappuccino-Maschine sprudelte und spuckte. «Geht's nicht etwas schneller?»

Endlich war alles fertig, und er hastete davon, um Queen Cordelia, die ihn mit grenzenloser Verachtung ansah, seine Geschenke zu überreichen: einen schaumigen Cappuccino und einen Teller mit einem Muffin drauf.

«Danke, Jonathon», sagte sie mit hoheitsvollem Blick. «Haben wir da nicht etwas vergessen?»

Er sah besorgt auf das Tablett und murmelte: «Zimt, Schokolade, koffeinreduziert, fettfrei.» Dann dämmerte es ihm: «Extra Milchschaum!»

Sie nahm den Muffin vom Teller und verscheuchte Jonathon mit einer wedelnden Handbewegung. Er verschwand wieder mit dem Kaffee.

Cordelia wandelte an dem Tisch vorbei, an dem Willow, Buffy und Xander saßen. Xander las in der *Sunnydale Press*.

«Junge Männer», nölte Cordelia. «Die einzig akzeptable Lösung.» Sie schlenderte von dannen.

Xander fasste seine Lektüreergebnisse für die anderen zusammen: «Hier steht, dass sie alle lebenslange Haftstrafen bekommen werden. Die Ermittler haben in einer großen Höhle unter dem Verbindungshaus Knochen von den verschwundenen Mädchen gefunden, da waren auch Knochen von vor fünfzig Jahren.»

Xander las ein Stück vor: «Eine überraschend hohe Anzahl von Unternehmen, deren Vorstände oder Begründer ehemalige Delta Zeta Kappas sind, haben sinkende Profite,

Steuerfahndungen und sogar Selbstmorde in den Vorstandsetagen zu beklagen.» Er bemerkte witzelnd: «Gib der Schlange nichts mehr zu fressen, und sie verlieren ein Vermögen. Also, ich glaube, die Reichen sind wirklich anders, oder?»

Willow fragte Buffy: «Und, hast du etwas von Angel gehört?»

Buffy schüttelte den Kopf. Fast hätte sie «Natürlich nicht» gesagt.

Willow drückte sie an sich. «Als er so wütend darüber wurde, dass du in Gefahr warst, und sich dann verwandelte ... grrrr» – in all ihrer Ahnungslosigkeit zog sie eine Grimasse, die höchsten Vampirärger simulieren sollte –, «das war das Faszinierendste, was ich je gesehen habe. Ich meine, wie viele Jungs können schon ...»

Xander runzelte die Stirn, während er in seiner Zeitung weiterlas. Dann sah er Willow an. «Angel, Angel, Angel. Muss sich denn jedes Gespräch letzten Endes um diesen Freak drehen?»

Angel trat aus dem Dunkel und kam an den Tisch. Buffys Herz setzte einen Schlag aus. «Hey, Mann, wie geht's?», begrüßte ihn Xander. Er war nicht im Geringsten peinlich berührt, dass Angel ihn gehört hatte.

Angel sah Buffy an. «Buffy», sagte er.

Sie schnappte nach Luft. «Angel.»

«*Xander*», sagte Xander sarkastisch. Vielleicht versuchte er mal wieder, seine verletzten Gefühle zu verbergen – vielleicht auch nicht. Buffy wusste nicht genau, wer hier wie viel versteckte.

Angel sah sie geradeheraus an, und sie verspürte ein Kribbeln von Kopf bis Fuß. «Ich habe gehört, hier gibt es Kaffee.»

Kaffee …

«Und ich habe mir gedacht, wir könnten vielleicht mal einen trinken.»

Er wollte sich mit ihr verabreden!

Sie antwortete nicht. Sie würde dafür sorgen, dass er den ganzen Satz sagte, dass er alles sagte. Sie wollte es ihm nicht zu leicht machen.

«Irgendwann mal», fügte er hinzu.

Sie saß immer noch regungslos da.

«Wenn du möchtest», endete er.

Zu dem Kribbeln in Buffys Körper gesellte sich ein Gefühl von aufsteigendem Triumph. Okay, vielleicht war sie verrückt, weil sie Vampire jagte, während alle anderen am Telefon über ihre Freunde quatschten. Vielleicht war die Hälfte der Zeit, wenn sie sich sahen, völlig chaotisch, weil sie mit Dämonen und den Mächten der Dunkelheit kämpfen mussten. Vielleicht würde sie auch nie in ihrem Leben zur «Miss Sunnydale» gewählt werden.

Aber *Angel* wollte Kaffee mit *ihr* trinken.

«Ja», sagte sie und kostete diesen sehr, sehr süßen Moment aus.

Angels Miene hellte sich auf. Er sah zufrieden aus – und erleichtert.

«Irgendwann», sagte sie. «Ich sag dir Bescheid.»

Sie stand von ihrem Stuhl auf und verließ den Tisch.

Willow betrachtete erst Angel, dann Xander. Beide sahen leicht erstaunt aus, aber ihre Mienen verrieten auch Respekt. Das gefiel ihr. Respekt war eine gute Sache. Buffy verdiente ihn. Ganz besonders.

«Er hat sich mit mir verabredet», dachte Buffy. «Er will mich sehen.»

Sie schwebte auf rosa Wolken durch die dunkle Straße, und das Grinsen auf ihrem Gesicht wurde immer breiter.

DRITTE CHRONIK:

Bloß nicht die Wahrheit

Prolog

Spielplätze sind einsame Orte in der Dunkelheit. Abends sollten da keine Kinder mehr rumlaufen.

Es können schlimme Dinge passieren.

Im trüben Mondlicht drehte sich langsam das kleine Karussell. Die Schaukeln bewegten sich, als würden sie sacht vom Nachtwind angestoßen.

Der achtjährige James saß auf dem Klettergerüst und hielt nach dem Minivan seiner Eltern Ausschau. Zu Hause war es warm und gemütlich. Seine ältere Schwester sah sich wahrscheinlich wieder einmal *Melrose Place* an, während in der Küche schon ein gutes Abendessen brutzelte.

«Los, komm jetzt, Mom», sagte er halb verärgert, halb verängstigt. «Sie kommt immer zu spät.» Ständig predigte sie ihm, dass er zu Hause sein sollte, wenn es dunkel wurde. Aber wenn sie ihn abholen sollte, wo blieb sie dann?

«Hast du dich verlaufen?», fragte eine Stimme.

James drehte sich um. Er war überrascht, hatte aber keine Angst. Da stand eine sehr schöne Dame in einem langen weißen Kleid. Ihre Haut war fast genauso weiß wie ihr Kleid. Sie hatte ein merkwürdiges Lächeln im Gesicht und schien Schwierigkeiten mit dem Gehen zu haben. James fragte sich, ob sie vielleicht verletzt war.

«Nein, meine Mom kommt mich gleich abholen», sagte er und kletterte von dem Gerüst.

«Soll ich dich nach Hause bringen?» Sie hatte eine komische Stimme. Wie die bösen Typen in den Trickfilmen.

«Nein, danke», lehnte er höflich ab.

Die Dame kam näher auf das Klettergerüst zu und umkreiste es langsam, wobei sie mit ihren langen weißen Fingern die Stäbe entlangfuhr. Sie war jetzt sehr nah bei ihm, und James wurde doch ein kleines bisschen nervös.

Er ging auf die andere Seite des Gerüsts. Ihre Augen sahen merkwürdig aus, als ob sie ihn nicht wirklich sehen könnte.

«Meine Mama hat mir abends immer Schlaflieder vorgesungen: Schlaf, Kindlein, schlaf. Dein Vater hüt' die Schaf! Die Mutter schüttelt's Bäumelein, da fällt herab ein Träumelein … Sie hatte so eine süße Stimme.» Sie schloss ihre Augen und lächelte.

Okay, jetzt bekam er es wirklich mit der Angst zu tun. Er überlegte sich, dass diese Dame wahrscheinlich übergeschnappt war. Sie rannte in dieser Kälte ohne Pullover in einer Art Nachthemd herum.

Und jetzt starrte sie ihn an. «Was wird deine Mama wohl singen, wenn dein Körper gefunden wird?»

Er verstand nicht, was sie damit sagen wollte, aber er verstand sehr wohl, dass er etwas zu seiner Verteidigung unternehmen sollte. Er entfernte sich langsam von ihr. «Ich soll nicht mit fremden Menschen reden», sagte er.

Sie sah ihn irgendwie gierig an, so wie jemand, der sein Lieblingsessen anguckt. «Also, ich bin gar kein Mensch, verstehst du», fing sie an und kam auf ihn zu, während er weiter zurückwich. «Das ist kein …»

Eine dunkle Gestalt sprang zwischen ihn und die Dame. James wich zurück und blickte in das Gesicht eines Mannes.

Der Mann sah so wütend aus, dass er James fast mehr Angst machte als die Dame.

Der Mann befahl: «Lauf nach Hause!» James gehorchte aufs Wort und lief, so schnell ihn seine Beine tragen konnten.

Er kehrte nie wieder auf diesen Spielplatz zurück.

Angel vergewisserte sich, dass der Junge in Sicherheit war. Dann wartete er eine Sekunde, bevor er sich der Angreiferin zuwandte.

Bei seinem Anblick leuchtete ihr blasses Gesicht auf. Das hatte er gewusst. Und er hasste sich dafür.

«Mein Angel», sagte sie mit ihrer rauchigen Singsang-Stimme. Es war die Stimme des Wahnsinns.

«Hallo, Drusilla.» Seine Freude, sie zu sehen, hielt sich in Grenzen. Er verspürte nur Schuld und unaufhörliche Reue, die ihn dank des Roma-Fluches bei Tag und Nacht verfolgte und quälte.

Sie und Spike waren vor ein paar Monaten in Sunnydale aufgetaucht. Er wusste nicht, was sie hierher geführt hatte. Beide hatten noch eine persönliche Rechnung mit ihm, Angel, offen, aber es war offensichtlich, dass sie wegen eines größeren Beutezugs gekommen waren. Nachdem Buffy im letzten Frühjahr den Meister getötet hatte, hatten die Vampire den Gesalbten zu ihrem neuen Anführer gewählt. Aber Spike hatte den dämonischen kleinen Jungen in einen Drahtkäfig gesperrt und ihn vom Tageslicht zu Asche verbrennen lassen.

Drusilla glitt langsam auf ihn zu; ein trauriges, verhungertes Gespenst. Sie sah sehr schlecht aus. «Erinnerst du dich an das Lied, das Mama mir immer gesungen hat? Es war hübsch.»

Er konnte ihr nicht in die Augen sehen. «Ich erinnere mich», sagte Angel leise, als all die schrecklichen Bilder in ihm aufstiegen.

«Ja, das tust du», sagte sie scharf, und er wusste, dass ihre gemeinsame Vergangenheit auch in ihrer Erinnerung weiterlebte.

«Drusilla, verschwinde von hier!» Er sah sie streng an, denn er wollte, dass sie ihm genau zuhörte. «Ich gebe dir eine Chance. Schnapp dir Spike und verschwindet alle beide.»

«Oder du fügst mir Schaden zu?» Sie hatte kein Angst.

Er sah wieder zu Boden. Er hasste es, sie so zu sehen. Zu sehen, was aus ihr geworden war.

«Nein, nein, das kannst du nicht. Nicht mehr.» Ein kleines Lächeln flog über ihr Gesicht. Meinte sie damit, dass er jetzt, da er seine Seele zurückhatte, dazu nicht mehr fähig war? Oder wollte sie sagen, dass die Wunden, die er ihr zugefügt hatte, so tief waren, dass sie gar nicht schlimmer verletzt werden konnte?

«Wenn ihr nicht verschwindet», sagte er, «wird die Sache ein schlimmes Ende nehmen. Für uns alle.»

«Mein Teurer ist ganz weit weg, nicht wahr? Bei ihr.»

Sie klang weinerlich.

«Bei wem?», fragte Angel misstrauisch und alarmiert.

Es war ein nasser Abend. Regenwasser glänzte zwischen den beleuchteten Plastikoberlichtern, die sich wie Brotlaibe aus dem Dach erhoben, über das Buffy patrouillierte.

«Das Mädchen. Die Jägerin», sagte Drusilla. «Dein Herz stinkt nach ihr.» Sie legte eine Hand auf Angels Brust und streichelte ihn. «Armes kleines Ding. Sie hat keine Ahnung, was ihr bevorsteht.»

Buffy erreichte die Dachkante und spähte über einen Spielplatz. Sah wie ein gutes Jagdgelände aus. Vampire versammelten sich hier …

Es fröstelte sie.

Sie sah Angel mit einem hübschen Mädchen mit langem schwarzen Haar. Er hatte Buffy zwar den Rücken zugewandt, aber Angels dunkles Haar und sein gut geschnittenes Jackett würde sie überall erkennen. Das Mädchen trug ein langes weißes Kleid und lag in seinen Armen. Buffy sah schockiert zu. Küssten sie sich?

«Das kann nicht so weitergehen, Drusilla», sagte Angel. «Das muss ein Ende haben.»

«O nein, mein Schatz.» Sie schmiegte sich an ihn, als wollte sie seinen Geruch aufnehmen. Sie flüsterte in Angels Ohr: «Das ist erst der Anfang.»

Und schon verschwand sie in der Nacht.

Tief bekümmert sah er ihr nach.

Wie Buffy.

Sie war den Tränen nahe.

Eins

Ein neuer Morgen, und Sunnydale war immer noch nicht von der Landkarte verschwunden.

Ein neuer Morgen an der High School, und auch Giles lebte und forschte weiter. Gerade ging er mit Jenny Calendar, der Informatiklehrerin und Techno-Jüngerin, die Treppe hinunter.

«Es ist ein Geheimnis», sagte sie.

«Was für ein Geheimnis?», bohrte Giles nach.

«Ein ganz geheimes. So eins, über das man nichts verrät.» Sie grinste ihn an. Er wusste, dass sie ihn hochgradig amüsant fand. Das war ein Plus, wie Xander Harris sagen würde.

Er ließ sich nicht abwimmeln. «Ich meine ja nur, es ist doch üblich, wenn zwei Leute abends zusammen ausgehen, dass sie dann beide wissen, wo's hingeht.»

Sie kamen zum Fuß der Treppe und bogen rechts um die Ecke. Er war unterwegs zur Bibliothek und sie, so dachte er, zur Höhle dieser schrecklichen Horde dämonischer Maschinen, die als Computer bekannt sind.

«Ach, komm!», rügte sie ihn sanft. «Wo ist denn dein Abenteuersinn?»

Er machte noch einen Versuch: «Aber … so weiß ich doch gar nicht, was ich anziehen soll?»

Trocken musterte sie ihn. «Hast du denn auch noch etwas anderes?»

«Eigentlich nicht», musste er zugeben.

Sie kicherte. «Rupert, du musst mir einfach vertrauen.»

«Na gut.» Er ergab sich. «Ich lege mein Schicksal in deine Hände.»

Sie ging mit einem neckischen Lächeln auf den Lippen an ihm vorbei. «*Das* klingt aber spannend.» Grinsend drehte sie sich um und ging nicht in den Computerraum, sondern auf einen der beiden Ausgänge zu. «Okay, dann morgen Abend um halb acht?»

Er dachte immer noch mit erfreutem Gesichtsausdruck über die Sache mit seinem Schicksal und ihren Händen nach. «Ja», bestätigte er zerstreut.

Buffy wartete noch, bis Giles und Ms. Calendar ihr Geturtel beendet hatten. Manche Leute schlugen sich in Sachen Romantik wirklich ganz beachtlich. Das war schön. Besonders für Giles.

Sie ging auf ihn zu und begrüßte ihn. «Hallo!»

Gemeinsam betraten sie die Bibliothek. «Hast du letzte Nacht gejagt?», fragte er sie.

«Ich habe ein paar kurze Runden in der Stadt gemacht.»

«Irgendjemandem begegnet?»

Sie zögerte. Es gab eigentlich keinen Grund, ihm davon zu erzählen. Dass Angel sich heimlich mit Mädchen traf, hatte nichts mit den Mächten der Dunkelheit zu tun. Beklommen sagte sie: «Nichts mit Vampirzähnen jedenfalls.»

«Also, ich habe über deinen Freund Spike recherchiert. Sein Profil ist ausgemacht unappetitlich. Aber ich habe immer noch nicht den leisesten Schimmer, warum er hierher gekommen ist.»

Buffy konnte sich kaum auf das Gespräch konzentrieren. Spike. Gut. Vampir der übelsten Sorte, neu in der Stadt. Sie hatte immer noch Angel mit diesem Mädchen vor den Augen. «Sie werden es schon rausfinden», sagte sie.

«Ist alles in Ordnung?» Giles sah sie prüfend an. «Du wirkst etwas bedrückt.»

«Mir geht es gut.»

Davon war er keineswegs überzeugt. «Warum nimmst du dir nicht den Abend frei?»

«Ach, das wäre schön», seufzte sie ehrlich auf.

Giles' Miene erhellte sich, als wäre er glücklich, ihr eine Freude zu machen. «Ja. Du könntest dich zum Beispiel mit Angel treffen.»

Das tat weh. Natürlich konnte Giles nicht ahnen, dass es

wehtat. «Ich weiß nicht», sagte Buffy niedergeschlagen. «Vielleicht hat er andere Pläne.»

Traurig verließ sie die Bibliothek.

In Geschichte ging es offensichtlich um die Französische Revolution, aber Buffy hörte kaum zu.

«Es scheint, als wäre Ludwig der Sechzehnte ein schwacher König gewesen», sagte jemand.

Der Lehrer antwortete: «Gut, gibt es noch andere Meinungen?»

Buffy faltete Willows Zettelchen auseinander und las: *Weißt du, wer sie ist?*

In der Reihe vor ihnen saßen Xander und Cordelia, die sich gerade aktiv am Unterricht beteiligte.

«Ich verstehe nicht, warum alle immer auf Marie Antoinette herumhacken», sagte Cordelia. «Ich fühle mich ihr so verbunden. Sie hat wirklich hart daran gearbeitet, so gut auszusehen. Und die Leute wissen ihre Bemühungen einfach nicht zu schätzen.»

Xander sah sie mit seinem typischen trocken-höflichen Blick an.

Buffy schrieb: *Nein. Dunkelhaarig. Altes Kleid. Hübsch.* Sie faltete den Zettel und reichte ihn wieder an Willow weiter.

Cordelia war immer noch dabei, die französische Monarchie aufs Heftigste zu verteidigen – wegen ihres Modebewusstseins. «Ich weiß wohl, dass die Bauern alle unter Depressionen zu leiden hatten.»

Xander korrigierte sie: «Ich glaube, das heißt Repressionen.»

«Was auch immer.» Sie wollte offensichtlich nicht unterbrochen oder korrigiert werden. «Sie waren verrückt und wollten ein paar Köpfe rollen sehen. Ist das fair? Und Marie Antoinette kümmerte sich um sie. Sie wollte, dass sie Kuchen bekamen!»

Xander starrte sie an, und der Lehrer sagte freundlich: «Ja, gewiss, das ist ein sehr interessanter Standpunkt.»

Willow kritzelte etwas auf den Zettel und reichte ihn Buffy. Buffy öffnete ihn. *Ein Vampir?*

Es läutete. Alle standen auf und sammelten ihre Bücher ein. Auf ihrem Weg aus der Klasse sagte Buffy zu Willow: «Ich weiß es nicht. Ich glaube nicht. Sie schienen sich nahe zu stehen.»

Xander holte sie im Korridor ein. Er war scharf auf Tratsch. «Wer steht sich nahe?»

«Niemand», entgegnete Buffy.

«Angel und ein Mädchen», erklärte Willow.

«Will, musst du eigentlich alles weitererzählen?», fragte Buffy mit einem schrägen Seitenblick.

«Hey, ich bin's doch nur», erinnerte sie Xander. «Wenn Angel Fehler macht, muss ich es wissen.» Er lächelte. «Weil es mich freut.»

«Ich bin froh, dass sich jemand freut», sagte Buffy, die ihrerseits nicht besonders erfreut war.

Sie gingen in den großen, geheiligten Aufenthaltsraum, wo gelernt, aber auch viel gequatscht wurde.

«Ach, du kannst wirklich etwas Aufheiterung gebrauchen. Und ich weiß auch schon, wie.» Er summte irgendeine seltsame Melodie, während er mit den Armen wedelte und mit den Hüften kreiste. «Mit einer abgefahrenen Disco im *Bronze*!»

Buffy seufzte. «Ich weiß nicht recht.»

Xanders Körperbewegungen wurden etwas langsamer «Mit einer sehr ruhigen Tanzparty im *Bronze*.»

Er setzte sich neben Willow. «Im *Bronze* Trübsal blasen.»

Jemand sagte hinter Buffy: «Ich würde ja Schokokekse gestippt in Apfelsaft empfehlen, aber vielleicht ist sie aus dieser Phase mittlerweile heraus.»

Sie kannte diese Stimme von irgendwoher. Buffy wirbelte herum. «Ford?» Sie umarmte den großen, dunkelhaarigen Typen herzlich. «Ford!»

Er drückte sie an sich. «Hey, Summers, wie isses?»

Das war ja klasse! «Was machst du denn hier?»

«Mich einschreiben.»

Sie verstand nicht, was er meinte. «Hä?»

«Ich werde mein Abschlussjahr hier an der High School machen. Dad wurde versetzt.»

«Das ist ja super!», rief Buffy und freute sich.

Ford machte einen schüchternen Eindruck. Sie erinnerte sich an seine lange zottelige Ponyfrisur und das kantige Gesicht. Sie hatten früher immer Witze darüber gemacht, dass er wie ein Held aus diesen japanischen Trickfilmen aussah. «Ich bin froh, dass du das so siehst. Ich war nicht sicher, ob du dich an mich erinnerst.»

«Wie sollte ich dich vergessen! Mensch, wir sind sieben Jahre zusammen in die Schule gegangen. Du warst mein großer Schwarm in der Fünften!»

«So, ihr zwei kennt euch also?», warf Xander von hinten ein.

«Oh!» Buffy sah ihre Freunde an. Sie nahm Ford an der Hand und führte ihn zu ihren besten Freunden – Korrektur: ihren besten Freunden in Sunnydale –, die darauf brannten, ihn vorgestellt zu bekommen. «Es tut mir Leid. Das ist Ford, äh, Billy Fordham. Und das sind Xander und Willow.»

«Hallo», sagte Xander mit seinem gespielt höflichen Lächeln, das manchmal auch Cordelias Ausflüge in die Geschichte begleitete.

«Hallo», erwiderte Ford.

«Schön, dich kennen zu lernen.» Willow lächelte sehr süß.

«Ford und ich sind in L. A. zusammen in die Schule gegangen.» Buffy strahlte Ford an. «Und jetzt bist du hier? Ist das wirklich wahr?»

«Dad hat diese Stelle bekommen, und zack. Er hat mich einfach aus der alten Schule herausgerupft und mich hier wieder eingepflanzt.»

«Das ist echt klasse!» Sie sah ihn an und fühlte sich an normalere Zeiten erinnert. In der Fünften hatte sie lange noch nichts davon geahnt, dass sie die Jägerin war. Damals hatten sich ihre Eltern, die sich dann doch scheiden ließen, auch noch nicht gestritten. Er war wie ein Symbol für all das, und seine Anwesenheit ließ es ihr warm ums Herz werden. «Ich meine natürlich, für dich ist es ganz schön hart, so ein plötzlicher Umzug, alle deine Freunde weit weg, schwierige Zeit, sehr gefühlsbeladen ... aber was mich angeht: Ich finde es super!»

«Ihr wart also in der Fünften verknallt?», fragte Willow.

«Nicht wirklich», sagte Buffy. Sie sah Ford verschlagen an. «Ford hat mir nämlich nicht einmal guten Tag gesagt.»

«Ich war ja auch ein männlicher Sechstklässler», erklärte Ford. «Ich konnte mich doch nicht mit so einer jungen Pute abgeben.»

Buffy erinnerte sich: «Es war schrecklich. Ich habe monatelang deinetwegen Trübsal geblasen. Ich habe nur in meinem Zimmer gehockt und diesen Song von Divinyl gehört: ‹*Touch Myself*›.»

Hoppla. Ihr Blick wanderte von Willow zu Xander und

zu Ford. «Natürlich hatte ich damals keine Ahnung, worum es in dem Lied geht.»

Ford kratzte sich am Kinn, und Xander machte eine wegwerfende Handbewegung, als wollte er sagen: Das haben wir doch gewusst, und wartete höflich darauf, dass sie weiterredete. Willow saß einfach nur da.

Buffy war nicht zu bremsen. «Hey», sagte sie zu Ford, «was machst du heute Abend? Wir gehen ins *Bronze*. Es ist unser Stammladen. Du musst einfach mitkommen.»

«Würde ich gern», sagte Ford. «Aber wenn ihr schon Pläne hattet … ich will mich nicht aufdrängen.»

«Ach, keineswegs», versicherte ihm Xander.

«Ja, dann.» Er schien sich zu freuen. «Ich muss noch zur Zulassungsstelle, meine Papiere in Ordnung bringen.»

«Dann bringe ich dich hin», bot Buffy an. Zu Willow und Xander sagte sie: «Wir sehen uns dann in Französisch.»

«Schön, dass wir uns kennen gelernt haben», sagte Ford. Buffys Freunde erwiderten das Kompliment.

Sollte es doch noch ein schöner Tag werden?

In Xanders Welt gab es keine Freude. Er beobachtete Buffy, wie sie mit fröhlichem Gesicht den neuen/alten Kumpel anstrahlte. Das hatte er mit seiner eigenen Trickkiste nicht geschafft.

«Das ist Ford, der *allerallerbeste* Freund von allen meinen Freunden», äffte er Buffy nach. «Mein Gott, kennt sie eigentlich gar keine fetten Jungs?»

Willow starrte die ganze Zeit über ins Leere, bis sie irgendwie reaktiviert wurde. Verblüfft sagte sie: «Oh, *darum* geht es in dem Lied!»

Die Kugel knallte gegen die Bande des Billardtisches. Die Musik hämmerte, die üblichen Gestalten tanzten sich die Nacht um die Ohren, und Ford lochte vorschriftsmäßig die achte Kugel ein.

«Ford, du hast es geschafft», sagte Buffy bewundernd. Dieser bereitete schon seinen nächsten Stoß vor, während Xander nervös mit der Kreide die Spitze seines Queues bearbeitete.

Ford lächelte Buffy an. «Das Loch ist ja groß genug.»

Willow sagte: «Buffy, Ford hat uns gerade von dem Schönheitswettbewerb in der Neunten erzählt.» Sie grinste. «Und von dem ... äh, Badeanzug-Wettbewerb.»

Buffy runzelte in gespielter Empörung die Stirn. Die Geschichte war ihr wirklich peinlich. «Mein Gott, Ford. Hör damit auf. Je mehr Leuten du davon erzählst, umso mehr Leute muss ich umbringen.»

Ford stieß die nächstliegende Kugel an. «Du kannst mir gar nix, Summers. Ich kenne alle deine dunklen Geheimnisse.»

Xander nölte: «Sollen wir darüber nicht eine kleine Wette abschließen?»

Buffy sah erst Xander, dann Ford warnend an und sagte: «Ich gehe mal was zu trinken holen. Ford, versuch einfach, deinen Mund zu halten!»

Buffy ging an die Bar. Als sie ankam, wollte der Mann vor ihr sich gerade mit einem Drink in der Hand herumdrehen. Es war Angel.

«Oh», entfuhr es Buffy leise.

Seine Miene hellte sich auf, als er sie sah. «Hey, ich hatte gehofft, dass du auftauchst.»

Er sah gut aus in seinem dunklen Hemd mit dem auffallenden Muster. Es wirkte altmodisch, wie das Kleid des Mädchens. Buffy fragte sich, ob Angel wohl gefiel, wie sie gekleidet war: ganz in Schwarz, scharf und gefährlich. Das war ein ganz anderes Jagdfieber, als er bislang von ihr kannte.

«Du trinkst?», bemerkte sie überrascht und zeigte auf seine Kaffeetasse. «Ich meine normale Getränke. Wo kein Blut drin ist.»

Er entgegnete mit anzüglichem Lächeln – so anzüglich jedenfalls, wie es ihm möglich war: «Du weißt noch vieles nicht über mich.»

Sie zog ein langes Gesicht und entgegnete kühl: «Das glaube ich.»

Ford sah zu Angel und Buffy hinüber. «Das ist Angel», erklärte Willow hilfsbereit.

«Er ist Buffys Kavalier», ergänzte Xander und hoffte, dass das eine enttäuschende Information für Ford sein würde. «Ihr ganz spezieller Freund.»

Ford betrachtete ihn. «Er ist nicht mehr auf der Schule, oder? Er sieht älter aus als sie.»

«Da liegst du nicht falsch», sagte Xander schelmisch.

Buffy sah Angel in die Augen und stellte die Frage, die sie eigentlich nicht hatte stellen wollen: «Und was hast du gestern Abend gemacht?»

Er zuckte mit den Schultern. «Nichts.»

Sie hatte nicht fragen wollen, weil sie nicht wissen wollte, ob Angel in der Lage war, sie zu belügen. Jetzt bohrte sie weiter: «Gar nichts? Hast du aufgehört zu existieren, oder was?»

«Nein, ich meine, ich war zu Hause. Ich habe gelesen.» Er runzelte leicht die Stirn, als verwirrten ihn diese Fragen.

«Oh.» Also log er sie an, und er machte es auch noch gut. Wenn sie ihn nicht letzte Nacht beim «Lesen» erwischt hätte, hätte sie ihm jedes Wort geglaubt. Was hatte sie denn auch von einem Typen erwartet, der sogar der Jägerin verheimlicht hatte, dass er ein Vampir war?

Angel sah sie an. Sie wusste, dass er wusste, dass etwas mit ihr nicht stimmte.

Aber sie hatte gerade jetzt keine Lust, darüber zu sprechen.

Und wahrscheinlich auch zukünftig nicht.

Buffy ging zu ihren Freunden am Billardtisch zurück. Sie wusste, dass Angel ihr folgen würde.

«Wolltest du doch nichts zu trinken?», fragte Ford.

«Kein Durst», sagte sie verlegen.

«Hallo, Angel», grüßte Willow. Buffy sah zu Boden. Sie wollte es vermeiden, Angel in die Augen zu sehen.

«Hallo», sagte Ford.

Nun musste sie höflich sein, und sie versuchte, das Beste aus der Sache zu machen. «Das ist Ford. Wir sind in L. A. zusammen zur Schule gegangen.»

Die beiden schüttelten sich die Hände. Ford bekam große Augen. «Wow, kalte Hände!»

«Da liegst du nicht falsch», kommentierte Xander.

Angels Gesicht war starr, als er Ford ansah. «Du bist also bei Buffy zu Besuch?»

«Nein, ich wohne jetzt hier», entgegnete Ford. «Bin gerade umgezogen.» Sie waren jetzt eindeutig auf Konfrontationskurs. Buffy musste zugeben, dass Ford sich ganz gut gegen den älteren, erfahreneren Typen behauptete. Ihren älteren, erfahreneren Typen, der sie belog.

Um die Situation zu entspannen, wie sie es oft tat, wies

Willow auf den Billardtisch und fragte: «Angel, hast du Lust zu spielen?»

«Wisst ihr, es ist jetzt wirklich voll hier», platzte Buffy heraus. «Mir wird heiß.» Sie sah nur Ford an, als sie fragte: «Sollen wir etwas spazieren gehen?»

«Äh, sicher», sagte Ford. «Das wäre schön.»

Buffy sah zuerst Angel, dann ihre Freunde an. «Bis morgen dann», murmelte sie.

Sie und Ford verschwanden. Angel stand wie versteinert da, als sie an ihm vorbeigingen.

«Gute Nacht», sagte er steif.

«Mach's gut», antwortete Ford.

Ein betretenes Schweigen folgte auf die peinliche Szene, das Xander als Erster brach: «Okay, Schnitt! Nochmal bitte, und zwar mit etwas mehr Gefühl!»

Angels Augen verengten sich. «Er ist gerade erst hierher gezogen?»

Xander bereitete einen Treffer vor. «Ja, und weißt du was, er lässt offensichtlich nichts anbrennen.» *Wumm!*

Angel sah getroffen aus.

«Ach, Angel», wagte sich Willow vor, «komm, spiel eine Partie mit uns!» Aber er war schon verschwunden. Sie hatte keine Ahnung, wie er das machte. Sie sagte zu Xander: «Hast du gesehen! Das ist ganz allein deine Schuld.»

Buffy fragte sich, wie Angel wohl ihren großen Abgang mit Ford verdaut hatte. War er verletzt? Empfand er etwas über die Verletzung seines männlichen Egos hinaus?

«Das war also dein Freund?», fragte Ford unschuldig.

«Nein», sagte sie. Dann überlegte sie es sich anders. «Also, ja, vielleicht.» Sie lachte kurz. «Könnten wir die schwierigen Fragen für eine Weile beiseite lassen?»

Ford zuckte mit den Schultern. «Tut mir Leid. Gut, was gibt's hier sonst noch so Interessantes?»

Plötzlich drangen Geräusche eines Handgemenges um die Ecke. Buffy musste schnell handeln. Superman würde jetzt nach einer Telefonzelle suchen. Und sie?

«Oh, äh, mein Portemonnaie!», rief sie plötzlich. «Ich habe mein Portemonnaie im *Bronze* liegen lassen. Könntest du es für mich holen? Das wäre lieb.»

«Ja, okay», sagte Ford.

«Gut, dann lauf. Danke!»

Er machte sich im Laufschritt auf den Rückweg. Sobald er ihr den Rücken zugewandt hatte, flitzte Buffy um die Ecke.

Buffys Benehmen hatte Ford neugierig gemacht. Er blieb stehen und drehte sich um. Langsam schlich er auf die Ecke zu. Ein Mädchen kam an ihm vorbeigerannt. Es schluchzte laut vor Angst. Ford sah es an und drückte sich noch dichter an die Mauer. Er war neugieriger als je zuvor.

Kampfgeräusche drängen durch die Nacht. Eine Mülltonne segelte durch die Luft wie eine Frisbee-Scheibe. Ford trat in die Gasse.

Er war kein besonders guter Vampir. Dumm, langsam und leicht zu treffen. Allerdings war er nicht so leicht zu ermüden. Endlich schmetterte sie ihn gegen die Wand und erstach ihn mit dem Holzpflock. In diesem Moment schrie er auf, hing eine Sekunde als Staubwolke in der Luft und explodierte dann.

Sie wirbelte herum und lief zum *Bronze* zurück. Solche entsetzlichen Störungen konnte sie gerade gebrauchen. Was sie jetzt wollte …

Hatte sie schon. Ford starrte sie an.

«Oh, du bist zurück», sagte sie verlegen.

«Was war das denn?», fragte er.

Nach einem Kampf noch groß nachzudenken war nicht gerade ihre Stärke. «Eine Katze», entfuhr es ihr. Ja, super. Das würde er ihr in einer Million Jahren nicht glauben. Aber sie musste beenden, was sie begonnen hatte. Und so spann sie mit großen, unschuldigen Augen die merkwürdige Geschichte weiter. «Da war eine Katze, und dann kam da noch eine Katze. Und sie haben gekämpft, die Katzen, und dann sind sie abgehauen.» Es war eine schlechte Lüge, noch dazu schlecht präsentiert. Vielleicht sollte sie stolz darauf sein, dass sie so ehrlich war.

«Ach so. Ich dachte, du hättest mal eben einen Vampir erledigt», sagte Ford leichthin.

Ihre Augen wurden noch größer. «Was? Was habe ich mit wem gemacht?»

Ford lächelte sie an. «Ich weiß es, Buffy. Du brauchst nicht zu lügen. Ich habe überlegt, wann die richtige Zeit ist, es dir zu sagen. Ich weiß, dass du die Jägerin bist.»

Willow lag, umringt von ihren Plüschtieren, auf dem Bett. Sie trug ihre Bunny-Pantoffeln und telefonierte mit Buffy. «Er hat es einfach so gesagt?», fragte sie.

Buffy klang sehr aufgeräumt. «Einfach so. Er hat gesagt, dass er es herausgefunden hat, kurz bevor ich in L. A. aus der Schule geflogen bin.»

«Wow, das ist prima.» Willow hielt inne. «Ist es wirklich prima?»

Am anderen Ende der Leitung grinste Buffy. Sie sagte: «Ja, ich glaube schon. Ich muss mir keine Sorgen mehr machen, dass er mein dunkles Geheimnis herausfindet. Das macht alles leichter.»

Ford schritt vergnügt durch die Dunkelheit, über die Straßen und Wege zu den Lagerhäusern und diversen anderen heruntergekommenen Gebäuden. Vor einem besonders verfallenen Bauwerk blieb er stehen und klopfte an die große Metalltür. Über der Tür hing ein gemaltes Schild. Es standen keinerlei Hinweise darauf, nur ein Sonnenuntergang war abgebildet.

Ein kleines Fenster in der Tür ging auf. Der Türsteher spähte hinaus, erkannte Ford und schloss das Fenster wieder.

Die Tür wurde geöffnet.

Ford trat ein. Er klopfte einem Kerl mit schwarzen Lippen auf die Schulter, der etwas an der Türangel einer zweiten Tür schweißte. Funken stoben in alle Richtungen. Bald würde es noch viel mehr Funken regnen.

Ford betrat eine andere Welt. Die Welt des *Sunset-Clubs.* Er stand auf einer Galerie, die in blaues Neonlicht getaucht war, das den Clubgästen ein unheimliches, ungesundes Aussehen gab. Es schien ihnen zu gefallen. Unten tanzten Paare zu ätherischer Musik und träumten von anderen dunkleren Welten. Sie trugen schwarze Rosen und spitzenbesetzte Rüschenhemden und Umhänge, und wenn sie es sich hätten leisten können, hätten sie in satingefütterten Särgen geschlafen. Die Tischtücher waren von tiefer blutroter Farbe, und alle tranken aus Kelchen. Er wusste, was sie alle dachten: «Wenn wir nur wirklich so leben könnten ...»

Er ging die Treppe hinunter. Als er unten angekommen war, lief ihm ausgerechnet Marvin vor die Füße, der Schwachköpfigste aller Möchtegernvampire, der je unter der Sonne existiert hatte. Das Rüschenhemd und der glänzende blaue Umhang, den er trug, betonten die Erbärmlichkeit seiner Existenz. Er war kein Tom Cruise. Auch kein Brad Pitt. Er war Marvin und würde immer Marvin bleiben.

«Ford? Hallo, Ford», grüßte Marvin nervös.

«Hallo», sagte Ford und wünschte sich – nicht zum ersten Mal –, er hätte einen anderen Partner.

«Und? Wie ist es gelaufen?» Marvin flatterte vor Aufregung wie ein Mädchen bei seinem ersten Date. Ford konnte seine Gegenwart kaum ertragen.

«Gut», antwortete Ford einsilbig.

«Gut? Sonst nichts? Das ist alles? Wann machen wir denn …»

«Bald», versicherte ihm Ford. Das stimmte wenigstens.

Aber Marvin war immer noch sehr erregt. «Oh, bald, hm, okay.» Er war beleidigt. «Weißt du, du könntest mir schon ein paar Informationen mehr geben. Ich vertraue dir. Ich stehe immerhin mutterseelenallein da – ganz zu schweigen davon, dass die Pacht für den Laden hier bald fällig ist. Wer soll das bezahlen?»

«Marvin», unterbrach Ford eilig seinen Redeschwall.

«Diego», korrigierte ihn Marvin und sah sich verstohlen um, ob niemand den Namen, der nicht ausgesprochen werden durfte, gehört hatte. «Mensch, ich heiße jetzt Diego.»

Ford hatte es fast vergessen. Marvin hatte sich einen Namen ausgesucht, den er für finsterer, romantischer hielt. «Diego, beruhige dich», ermahnte er seinen zappeligen Freund. «Alles wird gut.»

Eine aufreizende Blondine in einem langen schwarzen, tief ausgeschnittenen Kleid mit sehr, sehr weißem Make-up und blutrot gefärbten Lippen kam mit ein paar Kelchen auf Diego und Ford zugeschwebt. Früher war ihr Name Joan gewesen, aber wie Marvin hatte sie sich mittlerweile eine neue Persönlichkeit zugelegt. Jetzt hieß sie Chantarelle. Ford nahm sich einen Kelch, klappte sein Pillendöschen auf und spülte eine Pille hinunter. Er fuhr fort: «Sieh du nur einfach zu, dass du bereit bist, wenn ich es sage.» Er lächelte Chantarelle an.

Sie erwiderte sein Lächeln. Sie war nervös, aber gleichzeitig auch voller Vorfreude. «Ich kann es kaum erwarten.»

«Also, ich glaube immer noch, ich sollte mehr wissen», murrte Diego.

«Diego, du musst mir vertrauen», sagte Ford und schaute an ihm vorbei auf die Videomonitore, die an strategischen Orten im ganzen Club aufgehängt waren. Jack Palance spielte Dracula. Ford starrte auf den Monitor direkt hinter Marvin, während er einen Schluck aus seinem Kelch nahm. Er kannte jede Textzeile, jede kleine Geste.

Er kannte die Lebensart.

Er kannte das Versprechen.

Beruhigend sagte er zu seinem Strohmann: «Noch ein paar Tage, und wir werden zu etwas in der Lage sein, das jeder amerikanische Teenager können sollte. Jung sterben» – er lächelte Diego und Chantarelle an – «und schön bleiben.»

Dann verlor er sich in dem Film und sprach jede Silbe genauso nach, wie Dracula sie sagte. Es war ja nicht wirklich ein Spielfilm, oder? Eher ein Dokumentarfilm:

«Ihr wollt euch also mit mir anlegen. Mit mir, der ich schon Hunderte von Jahren vor eurer Geburt Armeen angeführt habe. Ihr Narren!»

Zwei

Willows Ritual vor dem Zubettgehen war fast vollendet: rasch das Gesicht waschen, eine Reinigungslotion gegen mögliche Pickel, dann Zähne putzen, und jetzt war ihr langes Haar dran. Sie musste es jeden Abend ausbürsten.

Jemand stand draußen vor ihrer Verandatür. Nervös schob sie die Jalousie zur Seite.

«Oh», rief sie verblüfft. «Angel!» Sie öffnete die Tür und vergewisserte sich, dass keine Elterngeräusche zu hören waren. «Was machst du denn hier?»

«Ich wollte mit dir reden.» Er sah sehr ernst und irgendwie unglücklich aus.

«Oh.» Sie machte die Tür auf und wartete darauf, dass er hereinkam. Er bewegte sich nicht. «Ja, und?»

«Ich kann nicht. Wenn du mich nicht einlädst, kann ich nicht hereinkommen.»

Niemals in einer Million Jahren hätte Willow vermutet, dass Angel sie einmal in ihrem Nachthemd und den merkwürdigen Hasenpantoffeln sehen würde. Überrumpelt antwortete sie ernsthaft: «Oh, okay. Äh, ich lade dich ein hereinzukommen.»

Er trat über die Schwelle. Willow drehte sich zu ihrem Bett um. *O nein!* Da lag ihr BH mitten auf dem Bett, sichtbar für die ganze Welt und alles, was sich so an Vampiren in ihrem Zimmer herumtrieb. Eilig stopfte sie ihn unter das Kopfkissen.

«Wenn ich ungelegen komme …», sagte Angel.

«Nein, ich habe nur …» Sie warf einen ängstlichen Blick zur Tür in Richtung Flur. Sie stand einen Spalt offen. «Ich darf keine Jungs in mein Zimmer mitnehmen.» Und das hatte sie auch noch nie getan. Es war ihr Glück, dass der Erste der Vampirlover ihrer besten Freundin war.

«Dann», sagte Angel mit dem Anflug eines Lächelns, «verspreche ich hiermit, mich zu benehmen.»

«Okay», sagte sie und nickte. «Gut.»

Er seufzte. «Ich glaube, ich brauche Hilfe.»

«Hilfe?» Ihre Miene hellte sich auf. Sie freute sich, etwas

anderes tun zu können, außer in ihren Hasenpantoffeln herumzustehen. «Geht es um Hausaufgaben?» Sie dachte noch einmal nach. «Nein, du bist ja schon so alt und weißt alles.»

«Ich will, dass du im Internet über jemanden recherchierst», sagte er. Er nickte mit dem Kopf in Richtung Computer.

«Oh!» Sogar noch besser als Hausaufgaben. «Super! Das Internet ist *meine* Welt!»

Sie ging an ihren Schreibtisch, setzte sich und startete den Computer. «Ich kann alles finden, was es nur gibt. Dokumente, Einträge. Aber ich weiß noch nicht einmal genau, wonach ich suche.»

Sie hatte sich schon in das entsprechende Programm eingeklinkt. Ihre Hände schwebten über der Tastatur wie bei einem Klavierspieler, und sie fragte: «Welcher Name?»

«Billy Fordham», sagte er knapp.

Sie hielt inne. Dann tippte sie den Namen ein. Schließlich wagte sie es: «Sag mal, Angel, versprichst du mir, mich nicht zu beißen, wenn ich dir etwas sage, was du wirklich nicht hören willst?»

Mann, wurde der blass! Er sah sie finster aus seinen sehr, sehr dunklen Augen an und sagte freudlos: «Willst du mir erzählen, dass ich eifersüchtig bin?»

Das Gespräch machte Willow allmählich nervös. «Ja, also, manchmal bekommst du so Anflüge.»

Er dachte eine Weile nach. Dann sagte er: «Weißt du, früher hatte ich das nie.»

Er setzte sich auf ihr Bett. «Alles war so einfach. Hundert Jahre einfach nur rumhängen und Schuldgefühle haben.» Er lächelte fast. «Ich habe wirklich nur vor mich hin gebrütet. Und dann kommt sie daher.» Sein Gesicht strahlte jetzt dieses Verlangen, diese Sehnsucht, diese Qual aus, über die man in Liebesromanen immer liest. Allerdings hatte Willow noch keinen gelesen. Sonst hätte sie vielleicht gewusst, worum es in dem Song von Divinyl ging.

Er nickte. «Ja, ich bin eifersüchtig. Aber ich kenne mich aus, und mein Bauch sagt mir, dass mit ihm etwas nicht stimmt.»

«Okay.» Das genügte ihr. Sie vertraute Angels Bauch. Sie fuhr mit der Recherche fort. «Aber wenn es nichts Merkwürdiges gibt … hey, das *ist* merkwürdig!»

Angel stand von ihrem Bett auf und sah ihr über die Schulter. «Was?»

«Ich habe gerade die Schulregister überprüft, und er ist nicht drin. Ich meine, normalerweise leiten sie die Noten und alles an die neue Schule weiter. Aber er ist nicht einmal registriert.»

Mittlerweile war sie etwas besorgt und tippte schnell weiter.

Angel fragte: «Er hat doch gesagt, dass er bei euch auf der Schule ist, oder?»

«Mal sehen, ob ich …»

Aus dem Flur rief Willows Mutter: «Willow? Bist du immer noch auf?»

Willow erschrak. «Hau bloß ab!»

Angel versteckte sich hinter der Verandatür. Willow rief: «Ich gehe jetzt ins Bett, Mom!»

Angel raunte sie noch zu: «Komm morgen nach Sonnenuntergang wieder. Ich suche weiter.»

Er nickte. Dann fügte er hinzu: «Sag Buffy nicht, was wir machen, ja?»

Willow passte das gar nicht. «Ich soll sie anlügen? Das kann ich nicht!»

«Sag es ihr einfach nicht», drängte Angel, «bis wir mehr wissen.»

«Okay.» Das war ja keine Lüge. Genau. «Wahrscheinlich ist ja alles ganz harmlos.»

«Das wäre schön», sagte Angel aufrichtig.

Es war Fords zweiter Tag an dieser Schule. Es war toll, ihn da zu haben, und noch toller, dass Buffy nicht vor ihm zu verstecken brauchte, wer sie wirklich war und was sie wirklich tat.

Und da war ihre liebe Freundin Willow. Sie hatte sich mit einer Limonade an den Springbrunnen gesetzt. «Will!», rief Buffy. «Was gibt's Neues?»

Willow schoss kerzengerade in die Luft und piepste irgendwie merkwürdig: «Nichts.»

Sehr schreckhaft. Buffy fragte: «Willst du mitkommen? Wir gehen in die Cafeteria.»

Willows Blick schweifte nach links, dann nach rechts. Sie sagte ruckartig und irgendwie unnatürlich: «Ich muss im Computerraum arbeiten. An ein paar Sachen für die Schule. Also kann ich jetzt gerade nicht mitkommen.» Sie sah Ford an. «Hallo, Ford!»

«Morgen», antwortete er auf seine bekannt freundliche Art.

Buffy betrachtete ihre beste Freundin. «Los, Will, gib es zu!»

Willow benahm sich wie ein Kaninchen im Scheinwerferlicht. «Was?»

«Hast du wieder Kaffee getrunken?», fragte Buffy in gespielt mütterlichem Tonfall. «Darüber haben wir doch schon gesprochen.»

Willow brach in halb wahnsinniges Gelächter aus. Als

müsse sie das erklären, sagte sie zu Ford: «Kaffee macht mich immer so nervös.» Dann verabschiedete sie sich von Buffy und Ford: «Ich muss jetzt los.» Und schon war sie auf und davon.

Ford sagte: «Nettes Mädchen.»

«So eine gibt es auf der ganzen Welt nur einmal», sagte Buffy kichernd. Sie musste unbedingt mit Will über koffeinfreien Kaffee sprechen.

Plötzlich tauchte Giles auf. Er sah Ford an, dann Buffy und sagte: «Buffy, Ms. Calendar und ich gehen heute Abend … weg. Sie hat mir die Nummer von ihrem Piepsding gegeben, falls du mich wegen» – wieder sah er Ford an – «der Hausaufgaben brauchst. Wenn Probleme auftauchen.»

Buffy senkte ihre Stimme und sagte zu ihrem Wächter: «Er weiß es, Giles.» Giles war überrascht. «Was?»

Das machte Buffy Spaß. «Ford weiß, dass ich die Jägerin bin.»

«Ich weiß es», ließ Ford vernehmen.

«Oh, sehr gut, Buffy.» Giles lächelte Ford höflich an und zog Buffy beiseite. Besorgt flüsterte er: «Du verrätst nicht zufällig deine geheime Identität, nur um … netten Jungs zu imponieren, oder?»

Sie lächelte. «Ich habe es ihm nicht gesagt, er wusste es.»

«Okay. Gut.» Er überlegte einen Moment. Er war eben vorsichtig. «Denk dran, wenn du also …»

«Gehen Sie nur», drängte sie ihn. «Und genießen Sie das, was man im Allgemeinen Spaß nennt. Ich werde versuchen, keine Probleme zu bekommen.»

Große Besichtigungstour durch die große Stadt.

Das konnte für eine Jägerin, die an Action gewöhnt ist, eine Viertelstunde fürchterliche Langeweile bedeuten. Für ein sechzehnjähriges Mädchen dagegen, das unfairerweise aus seiner alten Schule geflogen und auf diesen strahlenden Planeten namens Sunnydale verbannt worden war, konnte es allerdings ein schöner Spaziergang mit einem Freund sein.

«Und zu deiner Rechten noch einmal der schöne Campus. Ich glaube, nun hast du wirklich alles gesehen, was es in Sunnydale zu sehen gibt.»

«Ja, also, es ist wirklich ...», sagte Ford langsam.

«Sag ruhig ‹langweilig›.»

«Okay.» Er nickte. «Langweilig ist gut.» Er fügte hinzu: «Oder vielleicht doch nicht so langweilig. Sind das da Vampire?»

Buffy sah in die Richtung, in die er deutete. Sie sah zwei Vampire, die auf das Verwaltungsgebäude zuschlichen.

«Muss am Wetter liegen», nickte sie bestätigend.

Sie holte ihr Zubehör aus der Tasche: ein Kreuz für Ford und einen Holzpflock für sich. Zu ihrer Überraschung zauberte er eine Art Anfänger-Pflock hervor.

«Bleib dicht hinter mir», wies sie ihn an.

Zusammen schlichen sie auf das Gebäude zu, die Treppe hoch und auf eine dunkle Ecke zu. Buffy kontrollierte erst links, dann rechts. Keine Vampire weit und breit.

«Vielleicht sind sie doch am Gebäude vorbeigegangen», sagte Ford.

Buffy drehte sich zu Ford um: «Das glaube ich nicht.»

Plötzlich stand ein blonder weiblicher Vampir hinter Buffy. Buffy trat ihr mit dem Knie an die Stirn und wirbelte sie dann in einer Vorwärtsrolle auf den Boden. Reglos lag die Vampirin da, aber ein zweiter, viel größerer Vampir stürzte sich auf Buffy und zog sie mit sich über die Balustrade des Balkons.

Sie landeten auf dem Rasen, und Buffy begann, ihn zu bearbeiten: ein Tritt ins Gesicht, ein paar gute Schläge und ein glatter, sauberer Stoß mit dem Holzpflock.

Die Blonde lag auf dem Rücken, ein wahrhaftiger Vampir. Ford beugte sich mit dem Kreuz über sie und drückte sie zu Boden. Bizarr. Unglaublich.

Wundervoll.

Er setzte den Pflock auf ihre Brust und sagte schnell: «Du hast eine Chance weiterzuleben. Sag mir, was ich wissen will, und ich lasse dich frei.»

Der größere Vampir hatte wahrscheinlich auch eine größere Staubwolke verursacht. Wer weiß. Buffy hatte ganz andere Sorgen und flitzte die Treppe hoch. Ford war allein.

«Wo ist die andere?», fragte sie.

Ford atmete schwer. Er bekam keine Luft. «Ich habe sie getötet.» Er hustete. Hustete noch heftiger. «Ich habe sie getötet, und sie zerfiel einfach zu Staub. Es war faszinierend.»

Buffy sah ihn mit neu gewonnenem Respekt an.

Und tief unten im Sunset-Club …

Xander, Willow und Angel pirschten durch das Industriegebiet der Stadt wie das Trio Infernale oder die Glorreichen Drei.

Ihre Sorgen um Buffy wurden noch größer, als Willow berichtete, dass es ihr nicht gelungen war, an weitere Informationen über Ford zu kommen.

«Nur seine Adresse konnte ich finden. *Sunset Club.* Ich habe immer noch nichts Belastendes gefunden.»

Angel konstatierte das Offensichtliche – wenigstens war er für irgendetwas gut: «Er hinterlässt keine Spuren, keinerlei Unterlagen. Das ist belastend genug.»

«Dann werde ich mich wohl mit unserem Toten hier darum kümmern müssen», sagte Xander großmütig.

Angel war ziemlich verärgert. «Würdest du mich bitte nicht so nennen!»

Treffer!

Sie näherten sich einem besonders abgewrackten Gebäude mit einem Sonnenuntergang über dem Eingang. Angel klopfte an die große Metalltür. Ein kleines Fenster wurde geöffnet. Angel sagte: «Wir sind Freunde von Ford.»

Der Kopf nickte. Das Fenster ging wieder zu.

Die Tür öffnete sich.

Es war eine Art Untergrund-Club für Gruselfans, genauso postmodern spärlich wie das *Bronze*, aber durch das blaue Neonlicht wirkte alles merkwürdig kalt. Kerzen gab es auch. Viele Kerzen, in Ständern und in Kandelabern. Wahrscheinlich war das eine grobe Verletzung der Brandschutzbestimmungen. Die Leute trugen schwarze Mieder und gerüschte Klamotten mit Spitzenbesatz. Das Haar der meisten war ultraschwarz gefärbt. So wie sie geschminkt waren, sahen sie alle aus, als würden sie bald an Tuberkulose sterben. Ein bezaubernder Look. Jedenfalls für jemanden, der gern Sterbehilfe leistet.

Auf der Empore angekommen, sagte Willow ängstlich: «Mann, wir passen ja richtig gut dazu.»

Sie trug einen Pullover in Regenbogenfarben und Xander ein ausgebeultes pastellfarbenes Hemd über einem grünen T-Shirt. «Nein, wir sind kein bisschen auffällig», meinte er ironisch. «Die sprichwörtlichen bunten Hunde.»

«Kommt, wir sehen uns um!», sagte Angel. Er wirkte

zwar nicht gerade wie ein glücklicher Toter, aber mit seiner dunklen Kleidung fiel er auf jeden Fall weniger auf. «Geht ihr beiden doch mal nach unten.» Mit seinem üblichen Trick war er verschwunden.

«Alles klar, Chef», sagte Xander sarkastisch. Willow fasste ihn am Arm, damit er sich wieder abregte.

Sie gingen langsam die Treppe hinunter, und Angel sah sich auf dem Balkon um.

Willow grübelte wie immer über etwas nach. Dann fragte sie: «Fallen die denn wirklich auf?»

Xander war wie immer nicht auf ihrer Wellenlänge. «Was?»

«Bunte Hunde. Fallen sie wirklich auf? Ich meine, hast du je einen Hund gesehen und gedacht: Mann, der ist aber bunt?»

Xander sah ihr tief in die Augen. «Du denkst zu viel nach!»

Angel betrachtete das Geschehen von oben. Xander und Willow waren gerade auf der letzten Stufe der Metalltreppe angekommen, als sie ein Typ begrüßte. Er stand vor einem Sarg.

Xander sagte zu Willow: «Sag mal, fällt dir dasselbe auf wie mir?»

«Ziemlich vampirig hier», meinte Xander.

«So ist es.»

Eine Vampirlady mit Wonderbra baute sich vor ihnen auf. Sie lächelte sie zur Begrüßung mit ihren knallroten Lippen an. «Ihr seid neu hier, glaube ich.»

«O nein», sagte Willow. «Wir kommen öfter.»

Vampirella sah sie verständnisvoll an. «Ihr braucht euch nicht zu schämen. Ist doch cool, dass ihr dafür offen seid.

Wir heißen jeden willkommen, der an den Einsamen interessiert ist.»

«Den Einsamen?», wiederholte Willow.

«Vampire», sagte Angel. Er stand hinter ihr und sah mittlerweile noch unglücklicher aus als zu Beginn der Mission.

Xander erklärte der attraktiven Vampirin: «Wir nennen sie in der Regel die Ungezogenen mit den spitzen Zähnen.»

«Sehr viele Menschen unterliegen diesem Fehlurteil», erklärte das Mädchen geduldig. «Aber die Wesen der Nacht sind nicht daran interessiert, jemandem Schaden zuzufügen. Sie sind höher stehende Wesen. Sie sind erhaben.»

«Du spinnst ja.» Angels Stimme klang so scharf, dass es sogar Xander die Schuhe auszog. Willow offensichtlich auch, ihrem verblüfften Gesicht nach zu urteilen.

Verletzt sagte das Mädchen: «Du musst doch nicht gleich so auf Konfrontationskurs gehen. Vielleicht gibt es ja auch noch andere Standpunkte außer deinem eigenen.»

Sie ging weg, zweifelsohne auf der Suche nach Wesen der Nacht mit einer aufgeklärteren Meinung. Und, was Xander anging, auch mit besseren Klamotten.

«Schön, dich kennen gelernt …», rief Willow ihr nach.

Frustriert runzelte Xander die Stirn. «Du kannst wirklich gut mit Menschen umgehen», sagte er zu Angel.

Willow bestätigte diese Aussage auf ihre liebenswürdige Art. «Jetzt wird niemand mehr mit uns reden.»

Angel konnte sich nicht beruhigen. Er hatte die Schnauze voll. «Ich habe genug gesehen. Und ich kenne diese Sorte. Das sind doch Kinder, die sich Gutenachtgeschichten über freundliche Vampire ausdenken, um sich im Dunkeln zu trösten.»

Willow hielt dagegen: «Ist das denn so schlimm? Ich meine, die Dunkelheit kann manchmal ziemlich dunkel sein. Manchmal braucht man eine Geschichte.»

Aber Angel war nicht in der Stimmung, allein für die gute Absicht Punkte zu verteilen. «Diese Leute wissen gar nichts über Vampire. Darüber, was sie sind, wie sie leben, wie sie sich kleiden …»

Genau in diesem Moment tauchte ein Typ mit Pferdeschwanz auf, der genau die gleichen Klamotten trug wie Angel: rotbraunes Satinhemd, schwarze Hose und schwarzes Jackett. Buffys Nummer eins war eine Weile ziemlich peinlich berührt, zumal Xander und Willow ihn von Kopf bis Fuß musterten.

Xander meinte: «Sonst habe ich ja nichts gegen eine gesunde Lästerei, aber ich bin ziemlich neugierig, warum Ford, der *allerallerbeste* Freund der Jägerin, sich mit einem Haufen Möchtegernvampiren herumtreibt.»

Sie gingen die Treppe wieder hoch. Es war ihrer Aufmerksamkeit entgangen, dass ein Kerl in Rüschenhemd und glänzendem blauen Umhang, der allen hier im Club als Diego bekannt war, fast jedes Wort von ihnen mitbekommen hatte.

Willow fuhr fort: «Mit ihm stimmt wirklich etwas nicht.»

In Angels Richtung fügte sie hinzu: «Da hattest du auf jeden Fall Recht.»

Es war schon ziemlich spät, als Buffy, Giles und Jenny Calendar in die Bibliothek eilten.

«Sorry, dass ich Sie rausgeklingelt habe, aber die Sache schien mir doch etwas seltsam», entschuldigte sich Buffy.

«Nein, das war schon ganz richtig», versicherte ihr Giles. «Absolut.»

Ms. Calendar warf ihm einen schrägen Blick zu und fragte: «Hat es dir so wenig gefallen?»

«Nein!», antwortete er schnell. «Aber Vampire auf dem Campus … das kann Schwierigkeiten geben …»

«Du hättest etwas sagen können», bohrte Ms. Calendar weiter.

Er stand mit dem Rücken an der Wand, der gute Wächter.

«Ehrlich», sagte er ernsthaft. «Ich habe mich schon immer für Monstertrucks interessiert.»

Buffy konnte es nicht glauben. «Sie haben ihn zu einem Monstertruck-Rennen geschleppt?»

Ms. Calendar zuckte mit den Schultern. «Ich dachte, das wäre mal etwas anderes.»

Giles nickte. «Das war es in der Tat.»

«Wir hätten doch einfach weggehen können», betonte die Techno-Begeisterte.

«Was? Und die lustigen brennenden Autos verpassen?» Giles sah ganz ernsthaft aus. «Das hätte ich nicht gewollt.»

«Okay», unterbrach Buffy. «Könnten wir zurück zu den Vampiren kommen? Diese Typen waren aus einem bestimmten Grund hier.»

«Ja. Und wir müssen herausfinden, warum», stimmte Giles zu und konzentrierte sich aufs Geschäft. Er ging auf den Schreibtisch zu.

«Wo ist dein Freund?», fragte Ms. Calendar Buffy.

«Ich habe ihn nach Hause geschickt», antwortete Buffy.

«Gut», sagte Giles. «Je weniger er daran beteiligt ist, umso sicherer ist er.»

Buffy prahlte mit Ford: «Also, er hat heute zum ersten Mal einen Vampir erledigt. Das muss man ihm doch hoch anrechnen …» Sie nahm ein altes Foto vom Tisch. «Wer ist das?»

Ms. Calendar fragte: «Stimmt etwas nicht?»

Das Foto war fast völlig verblichen. Das Haar sah anders aus und auch das Kleid, aber das Gesicht war unverkennbar: Es war das Mädchen, das Angel auf dem Spielplatz getroffen hat.

«Sie heißt Drusilla», informierte sie Giles. «Eine Exgeliebte von Spike. Sie wurde von einer wilden Horde in Prag getötet.» Sie war sehr schön. Buffy sagte: «Na ja, die wilden Horden sind auch nicht mehr das, was sie mal waren, denn dieses Mädchen lebt.» Es war demütigend, aber sie musste es erzählen.

«Ich habe sie mit Angel zusammen gesehen.»

Giles war überrascht. «Mit Angel?»

«Ist der denn nicht auf der guten Seite?», fragte Ms. Calendar.

Der Zweifel in ihren Worten lastete schwer. Buffy sagte ruhig: «Doch, das ist er.»

Ms. Calendar sagte: «Ich glaube, wir müssen uns um diese nette Lady kümmern.»

Giles sprang auf. Er liebte solche Dinge. «Vielleicht sind ein paar von meinen neuen Büchern hilfreich.» Er ging in sein Büro, während er den beiden erzählte: «Meine eigenen Nachforschungen haben ergeben ...»

In diesem Augenblick kam eine blonde Vampirin mit einem dicken Buch unter dem Arm aus seinem Büro. Sie schubste Giles gegen Buffy. Beide fielen zu Boden. Dann sprang die Vampirin auf den Tisch, von dort auf die Galerie und verschwand zwischen den Magazinen. Buffy sah ihr hinterher, während Giles sich aufrappelte.

«Alles in Ordnung?», fragte Ms. Calendar.

«Mein Buch!», schrie Giles empört. «Sie hat eines von meinen Büchern mitgenommen!»

«Na ja, wenigstens liest einer hier an dieser Schule», kommentierte Ms. Calendar trocken.

Noch mehr Zweifel. Buffy sagte halb zu sich selbst: «Er hat gesagt, er hätte sie getötet.» Sie hob ihre Stimme und sah in die Richtung, in die die Vampirin geflohen war. «Das ist die Vampirin, von der Ford sagte, dass er sie getötet habe.»

«Er hat also gelogen?», fragte Giles.

Das hatte er tatsächlich. Buffy war verwirrt. «Warum nur?»

Drei

Spike kam in ihr Lager in einer der heruntergekommenen Fabriken Sunnydales und hörte, wie Drusilla mit ihrer sanften Singsang-Stimme mit einem kleinen Vogel in seinem Käfig sprach.

«Du kannst so schön singen», gurrte sie ihn an. «Willst du jetzt nicht für mich singen? Hast du mich denn nicht mehr lieb?»

O verdammt, nicht schon wieder!

«Schatz», sagte er freundlich, aber prüfend, als er sich ihr näherte. «Eben habe ich etwas Merkwürdiges gehört. Lucius sagte mir, dass du letzte Nacht auf Jagd warst.»

Sie drehte sich nicht um. Ihr Blick ruhte weiter auf dem Vogel.

Auf dem toten Vogel.

«Mein Magen hat geknurrt», sagte sie. «Und du warst ja nicht da.» Sie widmete ihre Aufmerksamkeit weiter dem Vogel. «Los, komm», flötete sie. «Ich werde traurig, wenn du nicht singst.»

Also stimmte es. Hätte er so etwas wie Blutdruck gehabt,

wäre der jetzt gestiegen. Spike näherte sich auf Zehenspitzen dem Thema, das ihn interessierte. «Und bist du … äh, jemandem begegnet? Jemandem von Interesse?» Sie gab keine Antwort. «Angel zum Beispiel?»

«Angel», sagte Drusilla verträumt.

Spikes Ärger loderte auf. Obwohl Angelus ihm einst dieses Leben gegeben hatte und wie ein Bruder für ihn gewesen war, hasste er seinen Schöpfer mittlerweile. Aber als er weitersprach, versuchte er, liebenswürdig zu bleiben. «Ja. Und worüber habt ihr euch unterhalten? Über die alten Zeiten?» Er hatte einen spitzen Unterton. «Kindheitsstreiche? Es ist ein wenig unangebracht, dass ihr miteinander zu tun habt, wo er doch der Feind ist und so weiter …»

Sie ignorierte ihn immer noch. Ihr Wahnsinn hatte Methode. Was ihr nicht in den Kram passte, ignorierte sie. Zu dem Vogel sagte sie: «Wenn du singst, gebe ich dir auch Körner.»

Spike verlor die Geduld. «Der Vogel ist tot, Dru. Du hast ihn im Käfig vergessen und nicht gefüttert, und nun ist er tot. Genau wie der letzte.»

Sie stieß ihr hohes Kleines-Mädchen-Gejammer aus. Das machte sie immer, wenn sie unglücklich war und weinen wollte. Sofort wurde er wieder sanft. Sie konnte ja nichts dafür, dass sie krank war.

«Es tut mir Leid, Baby. Ich bin ein schlechter, grober Mann. Ich mag es einfach nicht, wenn du hinausgehst, das ist alles. Du bist schwach.» Er nahm ihre Hand und lutschte an einem Finger. «Möchtest du einen neuen Vogel? Einen, der nicht tot ist?»

Sie lächelte. Sie lächelte ihn an. Nicht Angel oder irgendeine verschwommene Erinnerung einer verlorenen Liebe. Sie lächelte Spike an.

Die Stille wurde vom Gekreische eines jungen Menschen unterbrochen. «Das ist aber cool! Hier würde ich gern wohnen!», rief er.

Spike drehte sich um. In den Augen seines Vampirgesichts blitzten Mordgedanken auf. Es war ein Junge, der dem Freund der Jägerin ähnlich sah. Dem mit der großen Klappe, der Xander hieß.

«Hält hier eigentlich keiner Wache?», bellte Spike wütend. «So was nennt man nun Security, Leute! Schlaft ihr alle?»

Er ging zu dem Jungen hinüber und lächelte. «Oder haben wir endlich ein Restaurant gefunden, das auch ausliefert?»

Nun tauchten Spikes Leute auf. Einer nach dem anderen traten sie aus dem Dunkel. Der Junge ließ sich nicht abschrecken, das musste Spike ihm anrechnen. Er war offensichtlich nervös – und letztendlich würde er doch von seiner Angst überwältigt werden. Spike hatte schon viele solcher Menschen gesehen.

Kurz.

«Ich weiß, wer du bist», verkündete der Junge.

«Ich weiß auch, wer ich bin. Und?», gab Spike gereizt zurück.

«Ich bin hierher gekommen, weil ich dich gesucht habe.» So jung. So begierig. Und dem Tod so nahe. «Du bist Spike, nicht wahr? William, der Blutige!»

«Du hast einen richtigen Todestrieb.» Einer von Spikes Günstlingen, eine blonde Vampirin namens Julia, kam auf ihn zu und gab ihm ein Buch. Sie sah erschreckt aus, den Jungen zu sehen. Spike würde später herausfinden müssen, warum. «Es ist recht interessant,» sagte sie.

Spike klappte das Buch auf und blätterte es vergnügt

durch. Alle möglichen Überlieferungen von Jägern waren darin gesammelt.

«Oh, das ist großartig», sagte er zufrieden. «Das wird uns sehr nützlich sein.» Er blätterte weiter und ließ sich nicht dazu herab, den Jungen anzusehen. «Und wie hast du mich also gefunden?»

Der Junge antwortete: «Das ist egal. Ich habe dir ein Angebot zu machen.» Spike sah auf. «Ich bin ziemlich sicher, dass du gleich die Uhr aus der Tasche ziehst und mir sagst, dass ich noch dreißig Sekunden habe, dich zu überzeugen, mich nicht zu töten», fuhr er fort. «Das ist der Klassiker.»

Für wen hielt dieser kleine Wurm sich eigentlich? «Na ja.» Spike knallte das Buch zu und warf es auf den Boden. «Ich habe mit der Klassik nicht viel am Hut.»

Er stürzte auf den Jungen los und griff ihn am Ohr. Dessen Augen weiteten sich vor Angst, und er fing an zu keuchen. Gut. Das würde sein Blut viel nahrhafter machen …

Drusilla legte Spike ihre Hand auf die Schulter und sagte: «Warte, Liebling.»

Sie hatte immer diesen Tonfall, wenn sie Dinge sah, Visionen oder was auch immer. Er hatte gelernt, ihren Instinkten zu vertrauen. Solange es nicht um Tierpflege ging jedenfalls.

«Und?», fragte Spike den Jungen.

«Los, sag es. Es ist nicht witzig, wenn du es nicht sagst.»

«Was? Ach so», knurrte Spike. Er rollte mit den Augen. Ohne jede Begeisterung leierte er den Satz herunter: «Du hast dreißig Sekunden, mich zu überzeugen, dich nicht zu töten.»

Der Junge war begeistert. «Ja! Siehst du! Das ist das Beste!» Er beruhigte sich wieder, aber vor Begeisterung leuchtete er immer noch wie eine Tomate. «Ich will wie ihr sein. Ein Vampir.»

Spike war amüsiert. Etwas enttäuscht vielleicht, dass die Geschichte nicht bizarrer war, aber amüsiert. «Ich kenne dich jetzt zwei Minuten, und ich kann dich nicht leiden. Ich kann mich nicht mit der Vorstellung anfreunden, dich ewig leben zu sehen.» Zu Dru gewandt fragte er: «Kann ich ihn jetzt fressen, Schatz?»

«Hör erst mal zu», sagte der Junge unverzagt. «Ich schlage dir einen Handel vor. Du machst mich zu einem Vampir, und ich bringe dir die Jägerin.»

Spike musste zugeben, dass der Junge jetzt seine ganze Aufmerksamkeit erobert hatte. Alle im Raum horchten auf.

Buffys Mutter arbeitete wieder einmal lange in der Galerie. Buffy war allein zu Hause. Sie machte sich gerade einen Kakao, als Angel in der Küchentür erschien. Er fragte: «Buffy, darf ich hereinkommen?»

Buffy brauchte einen kleinen Moment, um sich zu sortieren, und sagte dann: «Sicher. Ich habe gedacht, wenn du einmal eingeladen wurdest, könntest du immer wieder hereinkommen?»

«Kann ich auch», entgegnete er und kam in die Küche. «Ich wollte nur höflich sein.» Sie legte ihre Hände um die heiße Tasse. Ihr war kalt bis ins Herz.

Ernst und drängend fuhr er fort. «Wir müssen reden.»

Sie schluckte. «Müssen wir?» Sie nahm ihre Tasse und ging ins Esszimmer hinüber. Das war nicht wirklich eine Frage gewesen. Was sie ihn eigentlich fragen wollte, war: Liebst du mich nicht mehr? Wie kannst du mich mit einem anderen Mädchen hintergehen, nach allem, was wir zusammen erlebt haben? Aber diese Fragen behielt sie für sich.

Er folgte ihr. «Es geht um deinen Freund Ford», sagte er. «Er ist nicht das, was er vorgibt zu sein.»

Sie sah ihn an, betrachtete die dunklen Augen und den Mund, der immer traurig war, sogar wenn Angel lächelte. Ihr fiel auf, dass sie ihn noch nie hatte lachen hören.

«Wer ist das heutzutage schon?», entgegnete sie kalt.

Entweder hatte Angel ihre Stichelei nicht erfasst, oder er ignorierte sie. «Willow hat ihn im Computer überprüft.»

«Willow?» Sie war platt. Willow hatte die Privatsphäre eines alten Freundes von ihr verletzt und es nicht einmal für nötig gehalten, ihr davon zu erzählen?

«Wir haben seine Adresse gefunden. Wir haben sie mit Xander überprüft, und es stellte sich heraus …»

«Xander auch?», fragte Buffy. «Wow, es sind ja alle dabei. Eine große, riesige, aufregende Verschwörung.» Sie setzte sich.

Angel schwieg eine Weile, dann fragte er: «Wovon redest du eigentlich?»

«Ich rede von den Leuten, denen ich vertraue.» Sie sah ihm tief in die Augen. «Wer ist Drusilla?»

Angel verlor die Kontrolle über seine Gesichtszüge, als hätte sie ihm vom Tod eines nahen Verwandten oder guten Freundes erzählt. Sie war erschüttert, wollte aber noch nicht aufgeben. «Und lüge mich nicht an. Das bin ich leid.»

Er sah sie matt und sehr traurig an. «Manche Lügen sind notwendig.»

«Wozu?», fragte sie.

«Manchmal ist die Wahrheit noch schlimmer.» Er wandte seinen Blick ab, dann sah er sie wieder an. «Du wirst das noch im Laufe deines Lebens herausfinden.»

«Ich kann damit umgehen. Ich kann die Wahrheit ertragen.»

«Liebst du mich?», fragte er und sah ihr prüfend in die Augen.

Sie war verblüfft. «Was?»

«Liebst du mich?»

Und da war sie, die ewige Frage aller Verliebten. Der Vampir stellte sie der Jägerin. Hatte sie sich selbst diese Frage nicht wieder und wieder gestellt?

Ihre Augen wurden feucht. «Ich liebe dich», gab sie zu. «Aber ich weiß nicht, ob ich dir vertrauen kann.»

«Vielleicht solltest du das auch nicht.»

«Vielleicht bin ich diejenige, die das zu entscheiden hat», antwortete sie trotzig.

Er wartete eine Sekunde. Dann begann er zu reden, als würde ihn das, was er jetzt offenbarte, teuer zu stehen kommen.

Es kam in einem einzigen Wortschwall heraus, als wollte er es endlich hinter sich haben.

«Ich habe viele schreckliche Dinge getan, als ich Vampir wurde. Drusilla war das Schlimmste. Sie war wie eine … Obsession für mich. Sie war rein und süß und keusch.»

«Du hast aus ihr einen Vampir gemacht», sagte Buffy langsam, als ihr die schreckliche Wahrheit dämmerte.

«Zuerst habe ich sie krank gemacht. Ich habe jeden getötet, den sie liebte, habe ihr alle nur erdenklichen mentalen Torturen angetan. Sie floh schließlich in ein Kloster, und an dem Tag, an dem sie zur Nonne geweiht werden sollte, machte ich sie zu einem Dämon.»

Buffy konnte eine Weile nicht sprechen. Sie konnte ihn auch nicht ansehen.

«Tja, ich habe nach der Wahrheit gefragt», sagte sie langsam. Sie fragte sich, wie sie sich von diesem Wissen wieder erholen sollte. Und ob sie ihn immer noch lieben konnte.

Aber Angel war nicht auf Vergebung aus. Er machte sich einzig um Buffys Sicherheit Gedanken. «Ford ist Mitglied einer Gemeinschaft, die Vampire verehrt. Sie regelrecht anbetet. Ich weiß nicht, was er von dir will. Aber du kannst ihm nicht vertrauen.»

Am nächsten Tag kreisten Buffys Gedanken um die Dinge, die Angel ihr am Vorabend erzählt hatte.

«Buffy!», rief Ford.

Dazu gehörte auch, dass sie einem alten Freund nicht vertrauen konnte.

«Ford», sagte sie und versuchte zu lächeln. Sein Lächeln wirkte raubtierhaft, berechnend.

«Ich habe gestern Abend viel Spaß gehabt», erzählte er. Dann kicherte er und fügte hinzu: «Es war sehr interessant.»

Buffy verbarg ihre Gefühle und antwortete: «Freut mich.»

«Willst du heute Abend wieder ausgehen?»

Sie zwang sich zu einem Lächeln. «Ich habe nichts vor.»

«Ich habe da so eine Idee. Es ist ein Geheimnis. Ich möchte dich überraschen.»

«Ich liebe Überraschungen.» Welcher Jäger nicht?

«Können wir uns hier treffen?», fragte er.

«Sicher.»

Er freute sich. «Dann um neun?»

«Um neun.»

Er beugte sich zu ihr und flüsterte ihr ins Ohr: «Das wird ein großer Spaß.»

Xander und Willow saßen verdrießlich auf der Treppe. Das erinnerte Buffy irgendwie an die vielen Male, die sie zum Direktor zitiert worden war.

«Hey, Buffy», sagte Willow nervös. «Hat Angel ...»

«Er hat mir alles gesagt.» Buffy bemerkte die Kühle in ihrer Stimme und wünschte sich, sie wäre nicht da. Wünschte sich, es gäbe keinen Grund dafür.

Willow fuhr fort: «Es tut mir Leid, dass wir es dir zuerst nicht gesagt haben.»

«Ist schon okay», entgegnete Buffy. Sie meinte es auch fast so.

«Als Angel zu mir kam, war er wirklich ernstlich um dich besorgt», erzählte Willow. «Und wir wollten dir zunächst nichts sagen, um dich nicht zu beunruhigen.»

Liebe Willow! Buffy konnte ihr einfach nicht böse sein. Sie legte ihr eine Hand auf den Arm.

Xander fragte: «Hast du herausgefunden, was Ford vorhat?»

«Das werde ich noch», versprach Buffy und verließ die beiden.

Sie sahen ihr nach. Nach einer Weile erst wurde Xander wirklich klar, was Willow da eben gesagt hatte, und er sah sie schockiert an.

«Angel war in deinem Zimmer?»

Willow machte ein schwermütiges Gesicht und sagte ironisch: «Eine geheime Liebe, die nicht sein darf.»

Und hier waren sie, die Wahren Gläubigen. Ford, der dreizehnte Gast, ging langsam die Treppe im *Sunset Club* hinunter.

«Chantarelle», sprach er die schöne Blonde an, die ganz

in Rot und Schwarz gekleidet war. Sie trug ein breites rotes Halsband mit einem großen roten Glasstein in der Mitte. «Ist alles bereit?»

Der Typ, der früher Marvin geheißen hatte, richtete sich auf und sagte verärgert: «Natürlich ist alles bereit. Ich habe mich schließlich darum gekümmert. Ich kümmere mich doch immer darum.»

Chantarelles Augen leuchteten auf. Sie sagte mit ehrfurchtsvoller Stimme. «Ist es so weit? Heute Abend?»

Ford fragte sie: «Bist du nervös?»

«Ja», gab sie zu. «Nein.» Sie nahm Haltung an. «Ich bin bereit für diesen Wechsel. Glaubst du wirklich, dass sie uns segnen werden?»

«Ich weiß es», sagte Ford stolz. «Alles wird genauso, wie wir es uns wünschen.»

«Was ist mit deinen Freunden? Kommen die auch?», fragte Diego.

Ford blinzelte. «Wovon redest du?»

«Von deinen Freunden», entgegnete Diego. «Sie waren gestern Abend da. Zwei Typen und ein Mädchen.»

Chantarelle fügte noch hinzu: «Einer von ihnen war irgendwie bösartig.»

Fords Magen zog sich kurz zusammen. «Warum habt ihr mir das nicht gleich gesagt?»

Diego war irritiert und verteidigte sich: «Ich muss mich hier um alles kümmern. Entschuldige bitte, Mr. Fehlerlos, ich habe es einfach vergessen!»

Chantarelle runzelte die Stirn. «Es wird doch alles klappen, oder? Sie werden uns nicht enttäuschen?»

Dafür hatte Ford jetzt keine Zeit. «Es wird alles gut.»

«Sie müssen mich unbedingt segnen», nörgelte sie weiter.

Erschöpft sagte Ford wieder: «Es wird alles gut.»
«Nein, das wird es nicht», sagte eine Stimme.
Ford fuhr herum. Buffy kam die Treppe herunter.
Fords Gesicht versteinerte. Er warf Diego einen Blick zu und murmelte: «Es zieht hier irgendwie.»
Diego verdrückte sich, als Buffy näher kam.

Buffy wusste, dass sie einen klaren Kopf behalten musste, aber sie war verletzt und verärgert, als sie die Treppe herunterkam. Sie verbarg ihre Gefühle tief in ihrem Innern. Darin war sie mittlerweile sehr gut.
«Es tut mir Leid, Ford», sagte sie leichthin. «Ich konnte einfach nicht bis heute Abend warten. Ich bin spontan und impulsiv. Es ist so eine Macke von mir.»
Ford zuckte mit den Schultern. «Wir haben alle unsere Macken.»
«Ich weiß immer noch nicht genau, welche du hast.» Sie kam unten an und sah ihrem alten Freund in die Augen. «Ich glaube, es hat damit zu tun, dass du ein dreckiger Lügner bist.»
«Jeder lügt.»
«Was willst du, Ford? Worum geht es eigentlich?», fragte sie.
«Ich glaube wirklich nicht, dass du das verstehst.»
«Ich muss es nicht verstehen, ich muss es lediglich wissen.»
Sie bat nicht um Informationen, sie verlangte sie.
Er sagte: «Ich werde einer von ihnen.»
Sie schluckte. «Du willst ein Vampir werden?»
«Ich werde einer», sagte er träumerisch.
«Vampire sind ziemlich wählerisch. Sie verwandeln nicht jeden.» Und dann dämmerte es ihr: «Du hast ihnen einen

Handel angeboten.» Sie war zutiefst schockiert. Ihr alter Freund hatte ihren Tod eiskalt einkalkuliert.

Ford erwiderte: «Ich glaube, ich möchte mich nicht weiter unterhalten.»

Buffy packte ihn am Kragen und knallte ihn gegen die Wand. Mit einer Hand packte sie ihn am Hals. «Aber ich bin immer noch in Plauderlaune. Du wolltest mich ihnen ausliefern! Heute Abend.»

«Ja», sagte er barsch. Seine Stimmbänder waren unter ihrem Griff zusammengequetscht.

«Du musstest doch wissen, dass ich es herausfinde, Ford.»

Ford lächelte. «Darauf habe ich mich in der Tat verlassen.» Er fing an zu lachen, musste husten und dann keuchen. Er grinste sie an.

Sie trat zurück und ließ ihn los. Er lachte und hustete weiter. Misstrauisch fragte sie: «Was hast du für heute Abend geplant?»

«Das ist echt cool! Es ist genau so, wie ich es mir vorgestellt habe. Dass du mich fragst, was ich für heute Abend geplant habe! – Es fängt schon an.»

Die schwere Eingangstür fiel mit einem lauten Knall zu. Sofort rannte Buffy die Treppe hinauf und versuchte zu fliehen. Aber sie konnte die Tür nicht öffnen. Es gab weder eine Klinke noch irgendeine andere Vorrichtung.

Sie drehte sich langsam zu Ford um. Er war die Treppe halb hinter ihr hergekommen, und die anderen gruppierten sich um ihn wie auf einem makabren Klassenfoto.

«Sie ist besonders präpariert», erklärte er ihr. «Wenn sie einmal zugefallen ist, kann sie nur von außen aufgemacht werden. Sobald die Sonne untergeht, kommen sie.»

«Ford, wenn diese Leute immer noch hier sind, wenn sie kommen …» Buffy klang eindringlich.

Marvin, der immer noch seinen blauen Umhang trug, sagte versonnen: «Dann werden wir alle zu Vampiren, alle.»

«Wir werden eine neue Bewusstseinsebene erreichen», erklärte die blonde Chantarelle. «Wir werden wie sie, die Einsamen.»

«Das ist das Ende, Buffy.» Ford machte ein entschlossenes Gesicht, sein Lächeln war wie eine Maske. «Niemand kommt hier lebendig wieder raus.»

Buffy flitzte die Treppe hinunter und sah sich nach einem anderen Ausgang um. Ford folgte er ihr.

Sie sagte: «Es muss einen Ausgang geben.»

«Das hier ist ein alter Bunker, Buffy», erklärte ihr Ford, als sie einen schwarzen Samtvorhang zur Seite schob, hinter dem sich eine zugemauerte Tür verbarg. «Ich wusste, dass ich dich nicht überwältigen kann. Aber das hier ist ein Meter dicker Beton. Glaube mir, das wird ein großer Beutezug.»

«Dann lass wenigstens die anderen gehen», sagte Buffy,

«Warum hast du etwas dagegen?», fragte Chantarelle. «Wir wollen es so.»

«Es ist unsere Chance auf Unsterblichkeit», fügte der Typ mit dem Umhang hinzu.

«Das ist ein großartiger Tag!», fuhr Chantarelle fort. «Kannst du das nicht begreifen?»

«Ich begreife nur, dass gleich nach Sonnenuntergang Spike und alle seine Freunde hier zum großen Fressen antreten werden.»

Marvin warf ein: «Hört mal, ich finde, wir sollten sie knebeln.»

Buffy sah ihn mit einem Blick an, wie ihn nur Jäger haben. «Du kannst es ja mal probieren.»

Der Typ beharrte darauf: «Sie ist eine Ungläubige. Sie wird uns schaden.»

«Ich versuche, euch zu retten», entgegnete Buffy. «Ihr spielt hier ein gefährliches Spielchen! Versteht ihr das nicht? Ihr werdet sterben. Die einzige Hoffnung, die ihr habt zu überleben, ist, schnell aus dieser Höhle hier herauszukommen. Und du liebe Zeit, *du* siehst wirklich total bescheuert aus!»

Der Umhang-Typ sah verletzt aus.

Ford lächelte. «Da muss ich ihr beipflichten, D. Du siehst wie ein riesiger Trottel aus.»

Ein Alarm piepte. Triumphierend grinsend zog Ford seine Uhr aus der Tasche. «Siebenundzwanzig nach sechs», verkündete er. «Sonnenuntergang.»

Sonnenuntergang.

Als sich Spikes Leute für die Jagd versammelt hatten, gab er seine Anweisungen. «Wenn wir da ankommen, schwärmen alle aus! Zwei Leute an die Tür! Erste Priorität gilt der Jägerin! Alle anderen sind Freiwild, aber lasst uns daran denken zu teilen, Leute!»

Er ging zu Dru hinüber. «Bist du sicher, dass du bereit bist?»

«Ich will eine Abwechslung», sagte sie mit hängendem Kopf. «Ich brauche eine.»

«Und du wirst auch eine besondere bekommen.» Er strich ihr das Haar zur Seite und lächelte in ihr schönes Gesicht. In ihrer Gier nach Blut waren sie sich ebenbürtig. Es war erstaunlich, wie sehr er dieses Mädchen liebte.

«Lucius!» Spike hielt ein Schlüsselbund hoch. «Fahr den Wagen vor.»

Buffy suchte immer noch nach einem Ausweg. Sie rannte wieder die Treppe hoch und untersuchte den Rahmen der Metalltür.

«Mann, du gibst auch nie auf, was?», fragte Ford.

«Nein», gab Buffy zur Antwort.

«Das ist eine gute Eigenschaft. Zu viele Leute lassen sich einfach hängen und ergeben sich ihrem Schicksal. Aber wir …»

«Wir? Haben wir etwa Gemeinsamkeiten?» Sie ging über die Galerie. Ford folgte ihr.

«Mehr, als du glaubst», sagte er.

«Okay, lass mich dir etwas erklären», sagte Buffy und fuhr herum. «Du bist genau das, was wir unter einem bösen Jungen verstehen.»

«Das bin ich vermutlich», sagte er, als hätte er darüber noch nicht nachgedacht und fände Gefallen an dem Gedanken.

Sie sah sich seine Freunde an, die überall unten mit ihren Rüschenklamotten und den schwarz gefärbten Lippen herumstanden und sich fragten, was nun als Nächstes geschehen würde. «Diese Leute da werden nicht verwandelt, nicht wahr? Sie sind eigentlich nur Futter.»

«Technisch gesehen, ja. Aber ich bin auf jeden Fall dabei. Ich werde unsterblich.» Er schämte sich nicht einmal, das zuzugeben.

Sie brauste auf. «Da habe ich Neuigkeiten für dich, du Experte. So funktioniert das nämlich nicht. Du wirst sterben. Und in deinem alten Haus richtet sich ein Dämon ein. Er bewegt sich wie du und redet wie du und erinnert sich an dein Leben, aber du bist es nicht mehr.»

Er sah einen Moment lang weg, dann wieder in ihre Augen. «Besser als nichts», war sein Kommentar.

Buffy war schockiert. «Und dein Leben bedeutet dir nichts?» Er lachte bitter. «Ford, diese Leute verdienen es nicht zu sterben.»

«Ich auch nicht!», schleuderte er ihr entgegen. Seine Stimme brach. «Aber offensichtlich hat da noch niemand drüber nachgedacht, denn ich muss bald wirklich sterben.»

Sie blinzelte.

«Ich sehe gut aus, nicht wahr? Ich will dir mal etwas sagen: Ich habe vielleicht noch sechs Monate, und was sie dann beerdigen, wird nicht einmal mehr aussehen wie ich. Es wird kahl und vertrocknet sein und stinken. Auf diese Weise will ich nicht abtreten.»

Sie wandte sich ab.

«Tut mir Leid, Summers. Habe ich deinem selbstgerechten Wutanfall den Wind aus den Segeln genommen? Verderben dir die Tumore, die mein Gehirn zerstören, irgendwie den Spaß?»

«Es tut mir Leid.» Sie sah ihn mit Tränen des Mitleids in den Augen an. «Ich hatte keine Ahnung. Aber was du tust, ist trotzdem sehr böse.»

«Okay, du kannst ja mal ausprobieren, wie es ist, wegen schrecklicher Kopfschmerzen vierundzwanzig Stunden am Stück zu kotzen, dann können wir das Konzept von gut und böse noch einmal diskutieren.» Er zeigte auf die anderen. «Diese Leute sind wie Schafe. Sie wollen Vampire sein, weil sie einsam sind, unglücklich oder gelangweilt. Ich habe keine andere Wahl.»

«Du hast die Wahl. Zwar keine besonders tolle, aber du hast die Wahl. Du willst hier einen Massenmord veranstalten, und den kannst du mit nichts, was du mir sagst, rechtfertigen.»

«Glaubst du, ich müsste mich vor dir rechtfertigen?», fragte Ford.

Buffy antwortete: «Ich glaube, das ist alles Teil von deinem kleinen Fantasy-Drama. Ist es nicht genauso, wie du es dir vorgestellt hast? Du erzählst mir, wie du gelitten hast, und ich bedauere dich. Ich bedauere dich wirklich. Und wenn diese Vampire hier hereinkommen und anfangen, sich voll zu saugen, werde ich dich höchstpersönlich töten.»

Für einen Moment glitt der Geist eines Lächelns über Fords Gesicht, und er war wieder der Alte, der männliche Sechstklässler, dessentwegen sie monatelang Liebeskummer hatte. Ruhig sagte er: «Weißt du was, Summers? Ich habe dich wirklich vermisst.»

Motorengeräusch ertönte. Reifen quietschten. Sie waren da.

Buffy hoffte, dass in Ford noch genug von seinem alten Charakter steckte. Angel hatte seine Seele doch auch wiederbekommen. Vielleicht konnte sie an die Gefühle appellieren, die Ford vor seiner Krankheit gehabt hatte. Sie bat: «Ford, bitte hilf mir, das zu stoppen! *Bitte!*»

Aber sie bemerkte, dass es dafür schon zu spät war. Er war fest entschlossen, seinen Plan auszuführen.

Sie lief über die Galerie zur Treppe und eilte hinunter.

«Leute, hört mal alle zu!», rief Buffy. «Das ist nicht das Mutterschiff, das euch holen kommt, klar? Das ist der hässliche Tod, der auf ein Spielchen vorbeikommt.»

Ford traf sie von hinten mit einem Brecheisen. Buffy stürzte die Stufen hinunter. Sie rappelte sich auf, drehte sich um und versuchte, sich zu verteidigen, als Ford sie noch einmal zu Boden schlug.

Chantarelle war auf Gewalt nicht vorbereitet gewesen. Sie bekam es mit der Angst zu tun. So hatte sie sich das Ganze nicht vorgestellt. Die Einsamen würden jetzt gleich hereinkommen, also machte sie sich bereit. Langsam ging sie die Treppe hinauf.

Die Tür flog weit auf. Eine Gestalt mit Furcht erregendem Gesicht und weißem Haarschopf kam herein. Weitere folgten ihm.

Er knurrte sie an und riss ihr rotes Halsband ab. Sie war zu Tode verängstigt.

Der Vampir sagte: «Nehmt sie alle. Und lasst mir die Jägerin!»

Er stieß seine Zähne tief in ihren Hals. Die anderen Vampire liefen die Treppe hinunter und stürzten sich auf Chantarelles Freunde. Sie bissen ihnen brutal in die Hälse und schwelgten in dem Genuss.

Sie waren in keiner Weise erhaben. Dies war kein heiliger Moment. Alles war eine Lüge, eine schreckliche Lüge …

Ford kam mit dem Brecheisen um die Couch herum. Buffy stürzte sich auf ihn, packte das Eisen, drehte es ihm aus den Händen und schlug Ford mit dem Kopf an einen Pfeiler. Er sank zu Boden.

Und dann sah Buffy das Mädchen.

Spikes Mädchen.

Angels Mädchen.

Drusilla stand oben auf der Galerie. Sie sah benommen und hungrig aus. Ohne zu zögern, sprang Buffy auf das Sofa und von dort auf die Galerie. Sie landete gleich neben Drusilla, packte sie, zog einen Holzpflock aus der Tasche und platzierte ihn direkt über dem kalten Herzen des verrückten Mädchens.

«Spike!», rief Drusilla.

Spike erstarrte. Er sah äußerst verängstigt aus. Sofort ließ er von Chantarelle ab, die zu Boden fiel und in Tränen ausbrach.

«Alles *aufhören*!», schrie Spike.

Die Vampire gehorchten.

«Gute Idee», sagte Buffy und presste den Pflock weiter fest gegen Drusillas Brust. «Und jetzt lasst ihr alle gehen, sonst passt deine Freundin in einen Aschenbecher.»

«Spike?», rief Drusilla ängstlich.

«Alles wird gut, Baby.» Zu seinen Leuten gewandt sagte er: «Lasst sie gehen.»

Die Wahren Gläubigen stoben aus der offenen Tür des *Sunset Clubs*, als wäre ihnen der Leibhaftige auf den Fersen. Der Junge mit dem Umhang war ganz vorne mit dabei. Der Letzte von ihnen hielt an, um Chantarelle zu helfen.

Buffy hatte Drusilla fest im Griff und machte sich mit ihr im Schlepptau auf den Weg zur Tür. Sie warf sie in letzter Sekunde Spike in die Arme. Spike fing seine Freundin auf, als Buffy die Tür erreichte und hinaustrat. Sie knallte sie fest hinter sich zu.

Spike hastete mit seinen Leuten die Treppe hinauf zu der verschlossenen Tür. Er betrachtete sie von oben bis unten und schwieg.

«Äh, wo ist hier eigentlich die Klinke?», fragte er dann.

Als Buffy draußen war, sah sie die Wahren Gläubigen in alle Himmelsrichtungen davonstürzen. Xander, Willow und Angel tauchten vor dem Club auf.

«Ihr kommt gerade rechtzeitig!», rief Buffy ihnen zu.

«Sind die Vampire ...», fragte Willow.

Buffy nickte. «Sie sind eingeschlossen. Aber sie können natürlich irgendwie rauskommen. Also sollten wir uns erst einmal verdrücken. Wir können zurückkommen, wenn sie verschwunden sind.»

«Wozu?», fragte Xander.

Buffy spürte wieder Wut in sich aufsteigen, überschattet von einer tiefen, schweren Sorge. «Wegen der Leiche», antwortete sie.

Er lebte noch.

Ford rappelte sich benommen auf und sah sich um. Sein Kopf tat schrecklich weh. Er fragte: «Was ist passiert?»

«Wir sind im Bunker eingeschlossen», antwortete Spike wütend.

Ford sah sich um. «Und Buffy?»

«Die ist nicht mehr hier», entgegnete der Vampir.

Ford zuckte mit den Schultern. *Wie gewonnen, so zerronnen.* «Hör mal, ich habe geliefert. Ich habe sie euch auf dem Tablett serviert.»

«Ja, das hast du wohl», antwortete der Vampir.

«Was ist also mit meiner Belohnung?» Spike und Drusilla starrten ihn an.

Sie waren hungrig.

Buffy kam bei Tageslicht zurück und fand alles so vor, wie sie befürchtet hatte: Die Metalltür war aus den Angeln gerissen.

Ford lag ausgestreckt auf den Treppenstufen. Seine toten Augen starrten sie an.

Epilog

Auf dem Friedhof standen Giles und Buffy am frischen Grab von Billy Fordham. Buffy legte Rosen darauf. Das Mondlicht drang matt durch die Bäume, unter denen sich so viele Dramen aus Buffys Leben ereignet hatten. Hier hatte sie sich mit Angel über die Verabredung zum Kaffee gestritten. In der Gruft in der Nähe hatte sie ihn gefragt, ob er wüsste, wie es ist, einen Freund zu haben.

Und nun beerdigte sie jemanden, der einmal ein Freund gewesen war.

Sie sah Giles an. «Ich weiß nicht, was ich sagen soll.»

«Du brauchst nichts zu sagen», erwiderte er sanft.

«Es wäre einfacher, wenn ich ihn hassen könnte. Ich glaube, das hat er gewollt. Ich glaube, das machte es leichter für ihn, den Bösewicht zu spielen. In Wirklichkeit hatte er einfach nur Angst.»

«Ja, das glaube ich auch», meinte Giles.

«Nichts ist mehr einfach. Ich denke ständig darüber nach, wen ich liebe, wen ich hasse ... wem ich vertrauen kann. Je mehr ich weiß, umso verwirrter werde ich, scheint mir.»

Giles lächelte kurz und traurig. «Ich glaube, das meint man mit Erwachsenwerden.»

Mit leiser Stimme antwortete sie: «Dann will ich das jetzt anhalten, okay?»

«Ich kenne dieses Gefühl.» Lächelnd erinnerte er sich an so manches, das er ihr noch nie erzählt hatte.

«Und wird es denn jemals einfacher?», fragte sie.

Plötzlich barst Ford aus seinem Grab heraus – und doch nicht Ford, sondern ein mit Erde bedeckter knurrender Vampir. Blindlings stürzte er sich auf sie. Mit einer schnellen Bewegung hieb Buffy ihm den Holzpflock in die Brust, und er zerfiel zu Staub. Unsterblichkeitsantrag verweigert.

«Meinst du das Leben?», fragte Giles.

«Ja,» sagte Buffy. «Wird es leichter?»

Giles sah verdutzt drein. «Was soll ich dir dazu sagen?»

Sie dachte einem Moment lang nach. Dann bat sie sanft: «Bloß nicht die Wahrheit.»

Giles sprach mit freundlichem Lehrerton: «Ja. Alles ist ganz schrecklich einfach.»

Sie verließen den Friedhof.

«Die guten Jungs sind alle treu und ehrlich. Die schlechten Jungs lassen sich leicht an ihren spitzen Hörnern oder schwarzen Hüten erkennen, und wir vernichten sie jederzeit und retten die Welt. Kein Mensch stirbt, und alle leben glücklich bis an ihr Ende.»

Buffy bewertete den Wahrheitsgehalt seiner Worte mit einem einzigen Wort: «Lügner!»

Die Chroniken:

Epilog

«Kein Mensch stirbt, und alle leben glücklich bis an ihr Ende.»

Angel beobachtete aus dem Dunkel, wie die Jägerin und der Wächter den Friedhof verließen. Ford, ihr Freund, war tot. Drusilla lebte noch.

Buffy und er waren beide schon gestorben. Sie war fast in den Armen des Meisters verloren gewesen, und Xander hatte sie zurückgebracht. Er selbst war gestorben, als er zum Vampir gemacht wurde, und war noch einmal gestorben – innerlich –, als er seine Seele wiederbekam und die Fähigkeit, Reue zu empfinden … und die Fähigkeit, jemanden aufrichtig und tief zu lieben.

Nun stolperten sie umeinander, lernten sich kennen, bekannten sich, enthüllten, riskierten es.

Würden er und Buffy je glücklich leben können? Er hatte keine Ahnung. Er wusste nur, dass seine Wahrheit folgende war: Er liebte sie, und es tat ihm aufrichtig Leid, aus ganzem Herzen, dass es an ihm so viel Unliebsames gab.

Er hielt sich im Dunkel verborgen. Der Mond schien auf Buffys goldenes Haar.

Er verharrte an dieser Stelle, bis ihm nur noch wenige Minuten bis zum Sonnenaufgang blieben.

Die Jagd geht weiter!
Yvonne Navarro
Edition
vgs
Gefallene Engel
vgs
Mel Odom
Edition
Mörderisches Spiel
Buffy
Im Bann der Dämonen
Buffy – Im Bann der Dämonen
Gefallene Engel
€ 15,90 (D)
ISBN 3-8025-2991-X
Buffy – Im Bann der Dämonen
Mörderisches Spiel
€ 12,90 (D)
ISBN 3-8025-2990-1
Im Buchhandel oder unter www.vgs.de
vgs